甘肃省高校
人文社科重点研究基地
西北民族大学
西北少数民族文学研究中心资助

唐祈诗全编

唐祈 —— 著
张天佑 李唐 高芳 —— 编

人民文学出版社

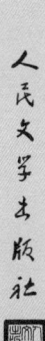

图书在版编目（CIP）数据

唐祈诗全编/唐祈著；张天佑，李唐，高芳编.—北京：人民文学出版社，2018
ISBN 978-7-02-014407-5

Ⅰ.①唐… Ⅱ.①唐…②张…③李…④高… Ⅲ.①诗集—中国—当代 Ⅳ.①I227

中国版本图书馆 CIP 数据核字(2018)第 145996 号

责任编辑　王　晓
装帧设计　刘　远
责任印制　任　祎

出版发行　人民文学出版社
社　　址　北京市朝内大街 166 号
邮政编码　100705
网　　址　http://www.rw-cn.com

印　　刷　三河市西华印务有限公司
经　　销　全国新华书店等

字　　数　149 千字
开　　本　880 毫米×1230 毫米　1/32
印　　张　13　插页 2
印　　数　1—3000
版　　次　2018 年 10 月北京第 1 版
印　　次　2018 年 10 月第 1 次印刷

书　　号　978-7-02-014407-5
定　　价　48.00 元

如有印装质量问题，请与本社图书销售中心调换。电话:010-65233595

目 录

序一：一只踩着赤色火焰的火烈鸟__吴思敬　001
序二：在西北：唐祈的生命诗学__郭郁烈　022

第一辑（1936—1949）

在森林中__003
河__005
旅行__006
日暮的山村__007
秋__009
流浪人__011
河　边__012
蒙　海__014
蒙　海__015
游牧人__017
回教徒__019
穆罕默德__021
仓央嘉措的比喻［四］__022

仓央嘉措的情歌［九］__023

仓央嘉措的死亡［十四］__025

故　事__026

拉伯底__028

九行诗二章__030

  不如归__030

  怀乡病__031

我们的七月__032

短歌二章（九行诗）__036

送征吟__038

  征妇__038

  征男__039

逝水章__040

冰原的故事__042

招魂（散文诗）__044

航海__047

墓中人的歌__049

雕塑家__051

恋歌__052

十四行诗给沙合__053

诉__054

老妓女__055

圣者（Lament）__057

墓旁（Lament）__059

严肃的时辰__061

女犯监狱__062

一个乡村寡妇__064

别离__066

乡村早晨__068

风向__069

挖煤工人__071

小女乞丐__074

夜歌__075

最末的时辰__077

雪__080

黄昏__082

雨中__083

声音__085

雾__087

你走了__091

时间的焦虑__093

游行日所见__096

五月四日__099

时间与旗__101

雪夜森林__115

三弦琴__117

风暴__119

蓝伽夜歌__121

郊外一座黑屋__123

在墓园中__125

第二辑(1950—1960)

献给埃及的诗(三首)__129
    寄到埃及的战壕里__129
    苏伊士运河的波浪__130
    开罗__131

水库三章__133
    运输线上__133
    青年突击队员__134
    水库夜景__135

三月的夜晚__137

苏联专家阿芙朵霞__138

北大荒短笛(组诗)__140
    黎明__140
    心灵的歌曲__142
    土地__143
    水鸟__144
    爱情__145
    短笛__145
    旷野__147
    小湖岗的雨夜__147
    坟场__148
    永不消逝的歌__149

第三辑(1981—1989)

希望__157

火箭发射场抒情__162

丁香树下__163

苗寨情思__165

北京组诗(一)__168

  海的女儿__168

  圆明园断想__170

  叶笛__172

  烽火台__173

  登长城__173

  北京地铁__175

  理想__176

北京组诗(二)__178

  艾青__178

  美的旋律__180

  雪__181

  幼儿园__182

  夜歌__183

  窗口__184

满妹子__186

空中一瞥__188

塞上月光曲__190

玉门晨歌__193

边塞的献诗__197

    石像辞__197

    长城__198

    骆驼草__198

    嘉峪关遐想__199

    夜光杯__199

江南短章(组诗)__200

    西湖__200

    旅店__200

    黄昏__201

    白云__201

    白鸽__202

    卖花姑娘__202

    离别__203

    寒山寺钟声__203

    山村曙色__204

敦煌组诗__205

    敦煌__205

    路过阳关__206

    敦煌__207

    莫高窟__207

    珍珠__208

    飞天__209

    一念__210

给萨仁高娃的抒情诗__211

    听者是谁__211

小鹿__212

爱情__213

誓__213

西部草原(组诗)__215

草原女人的手__215

星海__218

草原沸腾了__222

初雪的黎明__225

黄昏中的沙漠__227

祁连山纪事__229

伊犁组诗__231

伊犁秋色__231

向日葵__232

访林则徐故居__233

伊犁宾馆印象__234

晚餐__236

雪橇飞驰__237

一九八九:四月诗抄__240

诗歌__240

艺术楼窗口__241

漂泊者__241

海滨浴场__242

坐在扶手椅中的女人__243

黄河北岸斜坡上的泥屋__244

第四辑　十四行诗(1976—1989)

悲哀__247

十四行诗(二首)__249

钟__251

草原(外二首)__252

　　草原__252

　　青海民歌__253

　　哨兵__254

画梦录__255

寄__256

三月__258

葡萄__259

石榴__261

猎手__262

一个裕固族姑娘__264

戈壁滩__265

天山情歌__267

阿丽库伊__269

西北十四行诗组__270

　　阿克苏草原的夜歌__270

　　放牧谣__271

　　天鹅__272

　　冬不拉的歌__273

西北十四行诗组__274

草原夜曲__274

　　草原小路__275

　　那棵红柳树旁边__276

　　恋　歌__277

牧归__278

虹__279

红柳__280

风和黎明__281

记忆__283

烟囱__284

黄河__285

兰州__287

羊皮筏子__288

黄河落日__289

驼队向西__290

赠 H.劳伦斯__292

沙漠__293

白杨树林__294

戈壁__295

民歌__296

草原上的城砦__297

天葬__298

葛根图娅说__299

黄昏悄悄走近__300

我的马头琴__301

野外考察__302

盐湖__303

少女__304

石像辞__306

西北十四行组诗__308

  女性草原__308

  舞蹈的莎黛特__309

  草原的雨__310

  藏族少女的呼唤__311

  草原幻象__312

  草原幻象__313

  荒岛__314

西北十四行组诗__315

  解冻__315

  寂寞__316

  四月__317

赛里木湖的夜晚__318

附　录

《诗第一册》后记__323

《唐祈诗选》后记__325

诗论札记__341

诗歌回忆片断__343

在诗探索的道路上__355

唐祈年谱__364

编后__376

序一：一只踩着赤色火焰的火烈鸟

吴思敬

我们都是火烈鸟
终生踩着赤色的火焰
穿过地狱，烧断了天桥
没有发出失去身份的呻吟

这是诗人郑敏1990年得知唐祈突然逝世后，写下的组诗《诗人与死》中的几行。这组诗是为唐祈而写，涉及到生命、死亡、诗人的天职、知识分子的命运等丰富内涵，为我们提供了考察唐祈生平及其创作的一个视角。在我看来，唐祈正像郑敏所描述的，是一只踩着赤色火焰的火烈鸟，是一位燃烧自我，用生命写诗的诗人。

1987年的冬天，唐祈在编完了《唐祈诗选》之后，在"后记"中说了这样一段话："这里，这个雪夜的三层楼上，屋里正好没有旁人，我在孤独中也总感到：我的头顶上没有遮盖的屋顶，雪花飘落在我的眼睛里，我行走在诗的旷野上。但我却总要写，要不停地探索，一生也不放下这支笔，正如里尔克所说的，这将是一个归宿。"①在唐祈看来,只有诗才给了他生命,给了他信念,给了他永不衰竭的青春的力量。他的一生都行走在诗的旷野上,并最终在诗中寻找到了自己的归宿。

唐祈,是一位儒雅的、才华横溢的诗人。他生于苏州,一生到处漂泊,大半辈子生活在北方。他的诗歌创作贯穿一生,除去因政治因素被迫中断的二十余年,大致可以分为三个阶段:1936年至1949年为前期;1950年至1960年为中期;1981年至1989年为晚期。

前期的唐祈,由青春写作起步,直面洪波涌动的社会现实,自动衔接现代主义诗潮,成为"中国新诗"派的重要成员和1940年代知性写作的主要代表。

唐祈是位早慧的诗人,早在16岁出头,他还是个中学生的时候,就写出了处女作《在森林中》:

我漫步:/在森林中,/听,岁月里/悠悠的风。

我听到:/远处的山上的钟,/像永久的歌声/上升到天空。

谁的一个声音,/在森林中,/谁的一个声音,/又在森林中。

远处的风;/山上的钟;/我将向哪里走,/在森林中。

这是一位早熟少年面对生活的思索,对未来既向往又感到深不可测,透过略带神秘色彩的森林和"悠悠的风"、"远山上的钟"等意象,显出了忧郁、沉思的气质。这首小诗受到了他的同

---

① 唐祈:《唐祈诗选·后记》,《唐祈诗选》,人民文学出版社1990年版,第173页。

学、诗友文健的鼓励,从此一发而不可收,走上了诗歌创作的道路。

大学时期,是唐祈诗歌写作旺盛的时代,也是他的诗歌观念开始形成的时代。他所就读的西北联大,环境虽然艰苦,但许多教授来自北大、师大,保持了浓厚的学术氛围和民主气息。他说:"我能在那里广泛地涉猎知识,在图书馆里像河马一样吞食各种各样的书。更多的是在夜晚自己悄悄地写诗。我很喜欢法国象征主义和德国浪漫美学,从叔本华、尼采……到波特莱尔、里尔克,使我把诗不仅看作为一种艺术现象,而且感悟到它是在不断寻求人生的诗化。这对于自己日后写诗留下了浓重的影响。"①在大学四年中,每年寒暑假他都经过陕西的黄土地,翻过荒凉的六盘山,在甘肃、青海一带漫游,搜集民歌、牧歌,接触到蒙古族、藏族、回族、维吾尔族等兄弟民族,从他们真诚、纯朴、粗犷的性格中受到深深的感染。这不仅使他终生保持了对少数民族的热爱,写出了独具特色的少数民族题材的诗篇,而且使他从诗歌创作的起步就保持了对现实的关注,对底层的关怀,而没有遁入唯美的象牙之塔。

1945年至1948年,唐祈先是在重庆,后是在上海度过。这时的国民党统治区,社会矛盾尖锐,人民承受着深重的苦难,光明与黑暗进行着殊死的搏斗。唐祈投入了反饥饿、反迫害的民主斗争的行列,并在斗争中写下了呼唤民主、鞭挞黑暗的诗篇。他就像声声啼血的布谷鸟,诉说人民的苦难,表达对自由、民主的渴望。难得的是,这些诗篇不仅体现了唐祈思想上的成熟与

---

① 唐祈:《唐祈诗选·后记》,《唐祈诗选》,人民文学出版社1990年版,第174—175页。

进步,也鲜明地显示了唐祈在诗歌创作上的探索与追求。

唐祈早年的人生经验和大学时对国内外象征主义、现代主义诗歌的广泛涉猎,使他从内心深处对何其芳、卞之琳等具有现代主义色彩的诗歌产生了共鸣。然而1940年代他所经历的社会现实,使他不太可能去追求带有虚幻的理想主义色彩的"纯诗",而是以一个诗人的真诚与勇气,直面社会现实,反思个人与社会的关系,在自我与世界之间、传统与外来影响之间、社会使命与个体审美之间寻求一种新的平衡,在诗作中展示了群体的社会心态和诗人的紧张感与焦虑感,从而使他的诗歌呈现了不同于此前中国的现代派诗人的新的面貌,成为1940年代中国诗坛知性写作的一位出色代表。

知性,原本是德国古典哲学术语。康德认为,认识能力共有三个层次,从感性开始,然后是知性,最后是理性。知性是介于感性与理性之间的一种认识能力,具体说来指的是主体对感性对象进行思维,把特殊的没有联系的感性对象加以综合处理,并且联结成为有规律的科学知识的一种先天的认识能力。在认识的感性阶段,实现的是外部世界的信息由物理到生理的转化,主要依赖诗人的生理机制和本能。在认识的知性阶段,则实现由生理到心理的转化,即主体把新输入的信息与以前贮存的信息联系起来,这就不单纯是感觉信息的复合,而是在主体经验世界作用下的一种建构了。在这一过程中,主体所知觉的已不再是自然状态下的那一事物,而是融有主体心理因素在内的关于那一事物的映象。这中间会有选择、有过滤、有强调、有变形,这就会更多地依赖诗人已有的生活经验、艺术素养和艺术个性。

西方现代诗歌的知性写作代表了现代诗人追求感情与理智相统一的趋向。知性理论源于英国诗人柯勒律治,经英国文论家瑞恰慈、诗人艾略特等加以发展,其在中国的传播,始于20世纪30年代初瑞恰慈来清华大学讲学。此后,英国文论家燕卜荪先后在燕京大学、西南联大执教,美籍英国诗人奥登也于1940年代到西南联大讲学。这都直接促成了"中国新诗"派诗人对知性理论的理解与对知性写作的热衷。

1940年代后期,袁可嘉曾对当时的诗坛有过这样的批评:"在目前我们所读到的多数诗作,大致不出二大类型:一类是说明自己强烈的意志或信仰,希望通过诗篇有效地影响别人的意志或信仰的。另一类是表现自己某一种狂热的感情,同样希望通过诗作来感染别人的"。然而由于把材料化为成品的过程的欠缺,"说明意志的最后都成为说教的(Didactic),表现情感的则沦为感伤的(Sentimental),二者都只是自我描写,都不足以说服读者或感动他人。"[①]那么,如何使意志与情感转化为诗的经验?袁可嘉提出的办法是新诗戏剧化,即是设法使意志与情感都得着戏剧的表现,而闪避说教或感伤的恶劣倾向。与此同时,唐湜高度评价经验在诗歌创作中的作用,认为拜伦的"诗就是情感"的说法早已过去,他强调诗人要有丰富的生活经验,同时这些经验又需要深入到潜意识领域中去发酵。他还提出:"真正的诗,却应该由浮动的音乐走向凝定的建筑,由光芒焕发的浪漫主义走向坚定凝重的古典主义。这是一切的沉挚的诗人的道路,是R. M. 里尔克的道路,也是冯至的道路"[②]。

袁可嘉和唐湜的理论主张,代表了包括唐祈在内的"中国新诗"派诗人的知性写作的共同追求。

---

① 袁可嘉:《新诗戏剧化》,《诗创造》第12期,1948年6月。
② 唐湜:《论意象的凝定》,《新意度集》,生活·读书·新知三联书店1990年版,第15页。

唐祈这一时期的创作,深受艾略特的影响。艾略特的代表作《四个四重奏》,完全是围绕着时间的主题而展开的,借用个人经验、历史事件、宗教传说、表现出对过去时间、现在时间、将来时间的复杂关系的思考:"时间的现在和时间过去/也许都存在于时间将来/而时间将来包容于时间过去"。这表明时间是互相渗透的,每一个瞬间都有着多种内涵。受艾略特的启发,唐祈意识到对任何事物的理解都离不开时间,对任何经验的处理都要在时间的框架中进行,时间成了他引发诗情的触媒。唐祈在1940年代后期的诗作,有些便是直接以时间为题的,如《严肃的时辰》《最末的时辰》《时间的焦虑》《时间与旗》等。

我看见:/许多男人,/深夜里低声哭泣。

许多温驯的/女人,突然/变成疯狂。

早晨,阴暗的/垃圾堆旁,/我将饿狗赶开,/拾起新生的婴孩。

沉思里:/他们向我走来。

(《严肃的时辰》)

深夜哭泣的男人,变成疯狂的女人,拾起弃婴的诗人,三个镜头叠加在一起,指向一个共同的"严肃的时辰",时间现在被赋予了深刻的内涵,它融入了过去发生的苦难,也暗示了即将到来的巨变。意象的呈现与时间的切割巧妙地融合在一起,诗人的情感与判断不言自明。

唐祈更多的诗作尽管题目上没有点明时间,却同样充满了一种对时间的焦虑,如《雪夜森林》:

风/沿着森林的边沿/巡行/静静的驿路上咆哮起来/撼拔着我的小泥屋/没有意外吧;起身去看三里外我的乳母

恐怖的白森林呀／一条条丧布飞舞／我的红鬃马疾驰前去／抵抗着风的呼呼／什么时辰了,乳母?

严寒占领着的／森林上面／天空结冰了吧／冻死了／一切温和发光的星／附近的人民呵／怎能长久在／寒冷里睡眠?

乳母呵,我却看见／你微笑,催我向前／这深深雪夜的／一只知更鸟／将报告人民以太阳的时间

这首诗完全在想象中展开,狂风肆虐、白雪覆盖的森林暗示了生存环境的恶劣,乳母代表着人世间的温暖与爱,诗人骑着马疾驰体现了对真理、对光明的追求。诗中有两处时间的表述,前一处在恐怖的白雪覆盖的森林中的提问:"什么时辰了,乳母?"指的是时间现在;而结尾处,诗人在想象中看到乳母在微笑中催他向前,而他似乎也听到知更鸟"将报告人民以太阳的时间",这则是时间将来了。在时间的推进中,诗人把哲理的思考融入象征的图景当中,真正做到了像艾略特所主张的,像"感觉玫瑰花"一样地感觉思想。

而把对时间的思考与诗情的燃烧完满地融合在一起,繁复而又浑然天成的,当推这阶段最有分量的代表作《时间与旗》。关于这首诗的写作,唐祈回忆道:"1947年,诗人陈敬容和曹辛之在上海为了探索中国新诗的发展,约我去上海,后来又约了老诗人辛笛、唐湜,我们创办了《中国新诗》诗刊……我在这段时期,因为身上还带着重庆斗争的火焰,又投身到这个典型的半封建半殖民地的大都会——上海,这里,是一片贪婪与歹毒的饕餮的海洋,也是一个透视旧中国社会更大的窗口,我找到了自己新的视角,我几乎只熬了两个通宵,写下了长诗《时间与旗》"①。

---

① 唐祈:《唐祈诗选·后记》,《唐祈诗选》,人民文学出版社1990年版,第176页。

唐祈找到的这个新的视角是什么呢?据唐湜回忆:"1948年6月,我在上海致远中学唐祈的房里,曾见到他一边把艾略特的诗竖着放在面前,一边在下笔写这首诗"①。这明确地指出了唐祈的《时间与旗》的写作是在艾略特的影响下进行的。艾略特《四个四重奏》中有这样的诗句:"钟声响亮/计者不是我们的时间的时间……"钟声,中国寺庙的钟声也好,西方教堂的钟声也好,江海关大楼的钟声也好,不只标志着时间的计量,更是把无声、无形的时间之流转化为诉诸人的听觉的一种手段,也是把时间诗化的一种手段。《时间与旗》开头便紧紧抓住了这动人心魄的钟声:

> 你听见钟声吗?/光线中震荡的,黑暗中震荡的,时常萦回在/这个空间前前后后/它把白日带走,黑夜带走……

人在时间中生活,历史在时间中形成。时间永远朝着一个方向,按过去、现在、将来的顺序而一去不返,已经过去的时间不会复现,尚未到来的时间也不会突然蹦到眼前。然而艾略特打破了对时间的惯有观念,在他的诗歌里,时间过去、时间现在、时间未来的顺序可以打破,可以颠倒,可以并置,可以交织,从而充分揭示现代社会快速的、令人眼花缭乱的运动,以及在这种运动中人的心灵或剧烈或微妙的变化。细味艾略特的《四个四重奏》,能感到诗人对时间的空幻感,这种空幻感又进一步触发了他内心深处的宗教观念。

唐祈从艾略特诗中所借鉴的主要是艾略特对单纯的时序交替的时间观的打破,至于他们各自独立构筑的时间框架,以及在

---

① 唐湜:《诗人唐湜在四十年代》,《诗探索》1998年第1辑。

时间框架中展开的背景、意象、诗情与思维,却是截然不同的。

如唐祈所言,他是把上海当作透视旧中国社会一个大窗口来看待的,其间沉淀着他对中国社会现状的长期观察、判断与思考,而这种观察、判断与思考并不是以直白的、概念化、政治化的话语来传达的,而是用间接的、形象的、隐喻的意象来表现的。《时间与旗》所呈现的意象世界,就像上海这座喧哗、浮躁的大城市一样,枝蔓纠缠,繁复错纵,尽管如此,经过仔细考察,可以发现它的意象还是可以粗分为两大系列的。

一个系列是地火系列:

无穷的忍耐是火焰——在那工厂的层层铁丝网后面/在提篮桥监狱阴暗的铁窗边/在覆盖着严霜的贫民窟/在押送农民当壮丁的乌篷船里面/在贩卖少女的荐头店竹椅旁/在苏州河边饿死者无光的瞳孔里/在街头任何一个阴影笼罩的角落/饥饿、反抗的怒火烤炙着太多的你和我,/人们在冰块与火焰中沉默地等待/啊,取火的人在黑暗中已经走来……

一个系列是高岗系列:

冷清的下旬日,我走近/淡黄金色落日的上海高岗,一片眩眼的/资本家和机器占有的地方,/墨晶玉似的大理石,磨光的岩石的建筑物/……施高塔路附近英国教堂的夜晚/最有说教能力的古式灯光,/一个月亮和霓虹灯混合着的/虚华下面,白昼的天空不见了,/高速度的电车匆忙地奔驰,/到底,虚伪的浮夸使人们集中注意/财产与名誉,墓园中发光的/名字,红罂粟似的丰彩,多姿的/花根被深植于通阴沟的下水道/伸出黑色的手,运动、支持、通过上层/种种关系,挥霍着一切贪污的政治……

全诗就在这地火系列与高岗系列的意象对比中展开,而不加更多评论。诗人之所以采取这种手法,是由于生活中的任何事物都是相比较而存在的。正如法国诗人雨果所说:"丑就在美的旁边,畸形靠近着优美,粗俗藏在崇高的背后,恶与善并存,黑暗与光明相共"[1]。这两个系列的意象,孤立地看,也许有些单调,但是经过并置使读者触发的对比联想,则产生了震撼人心的艺术力量。

地火系列与高岗系列意象的多层次地交叉与并置,使读者的情绪不断垒积,当临近顶点的时候,诗人精心营造的中心意象——旗,出现了:

> 斗争将改变一切意义,/未来发展于这个巨大的过程里,残酷的/却又是仁慈的时间,完成于一面/人民底旗——/……过去的时间留在这里,这里/不完全是过去,现在也在内膨胀/又常是将来;包容了一致的/方向,一个巨大的历史形象完成于这面光辉的/人民底旗,炫耀的太阳光那样闪熠,/映照在我们空间前前后后/从这里到那里。

如果说地火系列与高岗系列的层层推进是画龙,这"人民的旗"就是点睛。这里有中国传统诗歌卒章显志的味道,但又不完全是,古诗的卒章显志是在结尾把诗人的主张明确说出来,而《时间与旗》最终出现的"旗"依然是个象征,它的含义是什么,读者尽可以自由想象、自由言说,但诗人的表述却戛然而止,留不尽之意于言外。这也正是知性写作区别于一般

---

[1] 雨果:《〈克伦威尔〉序言》,《欧美古典作家论现实主义和浪漫主义》(二),中国社会科学出版社1981年版,第124页。

言情体与论辩体诗作的地方。随着知性写作逐步为诗界所认识所推崇,唐祈的《时间与旗》也日渐显示其魅力与价值。在新诗诞生百年之际,由三联书店出版,由洪子诚、奚密等编选的《百年新诗选·上·时间和旗》,其书名就正是取自于唐祈的名篇《时间与旗》,可见唐祈此诗内涵之丰富与影响之深远。

中期的唐祈,其写作时间可界定为1950年至1960年。

中华人民共和国成立后,唐祈到了北京,先后在《人民文学》和《诗刊》做编辑,直到1957年"反右"的到来。在这期间,唐祈极少写诗,工作繁忙还在其次,更主要的是唐祈遇到了与辛笛等"中国新诗派"诗人共同面临的原有创作思想与新时代不相协调的问题。1949年7月,辛笛到北京参加了"中华全国文学艺术工作者代表大会"。辛笛请朋友们给他题词。靳以的题词是:"'不惜歌者苦,但恨知音稀',这是一句老话,如果为人民而歌或是歌颂人民,那么知音就有千千万万了!"苏金伞的题词是:"过去我们善于歌唱自己,/今后必须善于歌唱人民。/但这种转变并不是容易的,/首先得离开自己,/真正走到人民大众中去。"吴组缃的题词是:"跳出个人主义的小圈子,把感情和思想与人民紧紧结合,以充满乐观的精神,歌颂新中国新世界的诞生和成长。"仅从这些老朋友之间的私人题词,就足以感受到当时的政治气氛,这些作家与诗人已深深地体会到,不能再按照以前的写作路数写下去了。回到上海后,辛笛曾按照新的要求,试写了一首《保卫和平,保卫文化》,但写出来后,自己左看右看不像诗,而像标语口号,就此搁笔。辛笛决定远离文学圈,转入上海市工业部门工作,从而逃过了1957年的劫难。而唐祈尽管也感到写不下去,但缺乏辛笛的眼光,没有跳出文艺口,终于被大风大浪卷了进去,被打成"右派",成为阶级斗争的牺牲品。

1958年,唐祈被发配到了北大荒。险恶的政治风浪,残酷的生活环境,多少人把性命留在了那里。而唐祈侥幸活了下来,不仅如此,他还在那里留下了诗篇。他说:"令我感到惊奇的是,尽管险恶的政治风浪把我抛得很远,几乎连生命都将埋葬在那片荒原上,但就在那冰雪覆盖的茅草顶的泥屋里,在零下四十度的严寒中,我竟没有放下这支写诗的笔,也从来没有动摇过我对诗的信念。我默默写下了《北大荒短笛》系列组诗"①在那个时候,诗人成了政治上的贱民,繁重的劳动,窘困的生活,没完没了的检查……诗人只有私下里拿起诗笔的时候,才能坦诚地面对真实的自我,才能在屈辱的日子里暗中昂起那高傲的头颅,以一个殉难者的眼光审视周围的一切。他的这些诗篇属于"潜在写作",在当时环境下,保存不易,多有散失,直到新时期到来,才有了重见天日的机会。

唐祈把1958年至1960年写于北大荒的这些诗作命名为《北大荒短笛》,是颇有些反讽味道的。在中国当代诗歌中,"短笛"多是田园的、浪漫的、欢快的歌唱,而唐祈的"北大荒短笛"却是沉重的、悲怆的、痛彻心腑的控诉。

在《短笛——位青年画家的"检讨书"》一诗中,唐祈写了一支特殊的短笛。那是一位青年画家先用一柄废弃的镰刀磨成小刻刀,再用一个老犯人临死用过的竹棍,削成的一支短笛,尽管笛管粗糙,却能吹奏出黄土高原上的民谣。在诗中这位青年画家身上,无疑地融入了唐祈的自我形象。画家的竹笛和刻刀,与

---

① 唐祈:《唐祈诗选·后记》,《唐祈诗选》,人民文学出版社1990年版,第178页。

他的"潜在写作"一样,是与阴沉、严酷的政治环境相对抗的一种手段。他透过青年画家的口,严正地宣告:"我的这些雕像、竹笛和刻刀/即使犯了天条,我一件也不上交"。这表明,尽管压力重重,诗人却为自己筑了一道心理的防线,他要保持内心的自由,直面现实,直面人生,坚持独立人格,矢志不改初衷。

"北大荒短笛"中,有一些是透过对北大荒独特的意象、场景的描写,抒发诗人的心志。《黎明》写的是初到北大荒,一长串的劳改队伍,向荒无人烟的雪原行进,等待着这些人的是原始森林中的苦役,是锯断生命年轮的斧锯,是土地上无尽的耕耘。尽管如此,"黎明的青色的光/洁白的雪/将为这些人作证/虽然痛苦很深、很深呵/却没有叹息、呻吟"。《坟场》则是对北大荒劳改中屈死的、饿死的、累死的冤魂的缅怀与礼赞。诗人用素描的手法写了坟场的凄凉:荒凉的月亮岗,一片乱坟场,一个个木牌在土堆前默立,以致赶车的姑娘不忍观看,割草的孩子不忍惊扰。然而,"风雨留下一行墨水的泪渍/早霞拂去名字上的浓霜/太阳出来依然闪闪发光",诗人悲愤地呼喊:"他们头颅里燃烧理想/周身还都是火焰/却在黑土里埋葬"!唐祈之所以有勇气这样写,是由于他知道:"我的诗里虽然有痛苦,却没有悲观绝望的音调。因为我从祖国的大地上,接触到广大的人民,作为一个正直的知识分子,我懂得人民是文艺的母亲这个最简单的真理,不论何时何地,我都要亲近他们,把自己的心和声音交给他们"[①]。

《永不消逝的歌》是"北大荒短笛"中最有分量的一篇抒情

---

① 唐祈:《唐祈诗选·后记》,《唐祈诗选》,人民文学出版社1990年版,第178页。

之作,可视为诗人的精神自传,他在世界面前敞开了自己的心扉:

> 我的青春像柔韧的/轧拉草,将枯死在荒原上。在疯狂的火焰中,/我从来没有回避,/黑色的政治风暴对准我/致命的诬陷和打击,/它想让我的鼻孔虽然在呼吸,/心却要躺在坟墓里。
>
> 但我相信:/未来的结论。/我和同伴们白雪上的脚印,/每个时辰都在证明,/这一群荒原上无罪的人,/头颅里燃烧着信念和理想,/周身都是炽热的火焰,/严冬的冰雪无法把它冻僵,/风的刀剑也不能把它砍光。/黎明中的地平线啊,/你看见一位老诗人,/在北大荒的旷野上哭泣,/他曾呼唤过太阳。/你将作证:/伙伴和我/是被奇异的风吹进罗网。

这是带血的呼喊,这是愤怒的抗争,这是面对历史的宣告!铮铮铁骨,大义凛然,这位外表温文尔雅的诗人,显示了他的金刚怒目的一面。他正像郑敏所描绘的火烈鸟,穿过地狱,穿过烧断了的天桥,却"没有发出失去身份的呻吟"。

"北大荒短笛"的写作,继承了屈原、杜甫这些古代诗人咏志抒情的传统,在特殊年代北大荒的独特背景下,其大胆、真诚的吟唱,给读者强烈的情绪冲击,并引起读者对那一悲剧年代的反思,从而自身也就具有了"诗史"的品格。

如今,亲历过 1957 年"反右"运动浩劫的人在世的已经不多,无论从还原历史真相来说,还是从真实地抒写诗人的心灵世界而言,唐祈的"北大荒短笛"均在当代诗歌史上留下了不容忽视的一页。

1981年至1989年,是唐祈诗歌创作的晚期。

进入新时期后,唐祈的"右派"冤案得以改正,1978年回到中国作协。1979年,唐祈到了兰州,先后在甘肃师范大学、西北民族学院任教。他回西北的目的还是为了诗,他要在西北高原找回年轻时写诗的感觉,他要回到曾经用诗情哺育过他的少数民族兄弟的身边重获创作的底气。

天遂人愿,到西北后,果然迎来了他继1940年代诗歌写作以来又一个诗歌创作的喷发期。他的"五色彩笔"回来了,他又可以放开喉咙歌唱了。然而,毕竟不再是风华正茂的年轻人,时间不会倒退,伤口还未抚平,他洒脱的身影背后还有犹疑,他欢愉的歌声后边还有隐痛。正如郑敏所言:"他们有时会在画布上涂下鲜红的色块,他们整装再上征途,但永远不再会在两眼里闪出星光,像一个年青战士那样。他们的心情常比他们所能找到的语言复杂,谁若是停留在他们的诗的表面单纯上就不可能真正理解他们"①。

阅读唐祈1980年代的诗,明显地能看到他力图把感觉与经验沟通起来,把今天与过去沟通起来,从而可在他所创造的民族的、地域的诗歌画卷中体会到一种历史的沧桑感与纵深感。闻一多当年在《晨报副刊》上曾发表《邓以蛰〈诗与历史〉题记》一文,肯定了邓以蛰提出的"历史与诗应该携手"的观点,说"诗这个东西,不当专门以油头粉面,娇声媚态去逢迎人,她也应该有点骨格,这骨格便是人类生活的经验,便是作者所谓'境遇'"②。

---

① 郑敏:《〈唐祈诗选〉序》,《唐祈诗选》,人民文学出版社1990年版,第10页。
② 闻一多:《邓以蛰〈诗与历史〉题记》,《闻一多全集》第3卷,生活·读书·新知三联书店1982年版,第408页。

当年唐祈在西北求学、写诗的时候,不过二十出头,他再来西北的时候已经年过花甲了。相隔30余年,少数民族地区的面貌发生的巨大变化,不由地触发起他的诗情。当看到黄河上"白色汽帆船飞掠而过"的时候,他想起了当年的"羊皮筏子":

像一块棕褐色的破布/一片树叶在水上飘/空羊皮和湿漉漉的柳木条/驾驶着万顷黄浊的波涛

浪花溅湿了我的脚趾我的腰/我的皮袄灌满了风的喊叫/划筏子的老人眼里噙着泪水/泪水流出了迷人的歌谣

但今天的黄河上已经见不到羊皮筏子和划筏子老人的踪影,这不免让诗人怅然若失,然而诗人不会忘怀"筏子的谣曲",它将在诗人心中回荡,从昨天,到今天,到永远。

草原上选举人民代表,唐祈看到草原上的女人虔诚地捏紧选票的那双手,那双兴奋得发抖的手,他的眼前不由得浮现出30年前他所见过的草原女人的手:

那黑暗的夜晚/在羊脂灯下捧着空木碗/枯树皮一样的母亲的手

那些披散了发辫　月光里/泪水像露珠滴落在草叶上被人用粗绳捆绑的少女的手

那在寺院阴森的殿堂前/长跪在木板上喃喃祈祷/捻着佛珠的苍白的手

那在马背上　迎着风雪/为了饥饿的孩子去猎一头黄羊/箭杆上凝结了自己血斑的手

那些在褐色的帐幕里/缝制着反抗的旗帜　在黑夜/召唤黎明的女人的手……

《草原女人的手》

由此手想到彼手,这样的诗句,就不是凭着一股青春期的冲动的少男少女所能写出来的。它写的是现实,唤起的是记忆。这也印证了艾略特所说的,历史感对于"任何人想在二十五岁以上还要继续作诗人的差不多是不可缺少的"①。

唐祈 1980 年代的诗,体现了一种对少数民族兄弟的由衷的大爱。他不像某些汉族艺术家,到少数民族地区只是为了搜集素材、为了猎奇。唐祈与少数民族兄弟真正是骨肉相连的,他对少数民族怀有一种感恩的情结。早年,他曾在西北不少地区旅行,他回忆道:"回族朋友们帮助我了解穆斯林的宗教生活,维吾尔族兄弟向我叙说古老而又辉煌的历史,蒙古族的猎手给我描绘沙漠中可怕的沙暴,蒙古老牧人的马头琴奏出了成吉思汗英雄的史诗,藏族的女歌手给我们唱出了一支又一支好听的歌。我不知不觉地渐渐生活在他们中间,我也看到了他们在旧社会悲惨的命运和痛苦的遭际"②。正是他与少数民族兄弟的血肉深情,凝结出了他早期的诗歌之花。1946 年发表在李健吾主编的《文艺复兴》上的《蒙海》《游牧人》《拉伯底》,被唐湜称作:"可真像在'巴比伦天空'中闪现了一颗新星一样,叫人感到十分惊诧……该是诗人在那个'花儿'的故乡甘肃采撷了最单纯的'花儿',一种野生的民歌而酿出的蜜,又添加上一种诗人最熟悉的《圣经》中古代先知的睿智,叫它们更显得深沉,更美"③。

如果说,早年《蒙海》《游牧人》等诗篇的写作,是少数民族

---

① 艾略特:《传统与个人才能》,王恩衷编译,《艾略特诗学文集》,国际文化出版公司,1989 年版,第 2 页。
② 唐祈:《在诗探索的道路上》,《诗探索》1982 年第 3 期。
③ 唐湜:《诗人唐祈在 40 年代》,《诗探索》1998 年第 1 辑。

兄弟和少数民族生活的对他的馈赠,那么新时期唐祈再来西北,则是他主动向少数民族学习,有意识地拓展少数民族诗歌文化空间的一种努力。唐祈说:"西北高原,那是个赋予人以想象力的地方,草原上珍珠般滚动的马群、羊群,黑色的戈壁风暴,金光刺眼的大沙漠,沙漠深处金碧辉煌的庙宇,尤其是在草原的帐幕中,我从来没有度过那样美好的夜晚,也从来没有歌唱和笑得那样欢畅过。从蒙古族、藏族妇女的歌声中,我感到一种粗犷的充满青春的力量,正是这种青春力量,强化了我年轻时的欢乐和哀愁,赋予了我为追猎自己理想从不知退却的胆量,使我在相隔若干年以后,仍然要在西北十四行诗里抒唱它们。"[1]他1980年代的新作,对少数民族的生活观察得更为细腻,对少数民族兄弟的心理体会得更为精微。他写了沙漠、戈壁、红柳、骆驼、黄羊等自然意象,也写了活跃在西北大地上的牧人、猎手、踏遍青山的勘探队长、行在草原小路上的老邮递员等人物形象,但比较而言,他投入感情最深的,写得最好的则是西北少数民族的女性形象。诸如《阿丽库依》《少女》《一个裕固族姑娘》,《天山情歌》中的海丽妲,《听者是谁》中的萨仁高娃……全是那样纯洁美丽,淳朴善良,爱得炽烈,爱得执着,她们是生活中的勇者,也是草原上璀璨夺目的花。正如张天佑所说:"要知道现代性的标志之一就是妇女的发现。唐祈的这类女性不管是叫蒙海、葛根图娅、还是阿丽库伊、古丽娅,她们都是唐祈诗歌文化空间中最美的'风景',她们与红柳葡萄草原、马头琴冬不拉、帐篷戈壁石、以及更多的植物、更多的湖水沙漠构成了唐祈丰富的表征空间。事实

---

[1] 唐祈:《唐祈诗选·后记》,《唐祈诗选》,人民文学出版社1990年版,第180页。

上,正是由于她们,唐祈的西部具有了包容汇通、生命力旺盛、柔美而又不缺刚烈的情爱乐园。"①

从 1940 年代以来,唐祈便致力于把生活经验提炼为诗人独自拥有的意象,追求知性和感性的融合。唐祈本人不是少数民族,但是他笔下的少数民族地区的意象、人物,凡是写得较好的,无不渗透着他的情思与意志,成为他的内心世界的象征。这是他笔下的戈壁:

戈壁上发亮的黑卵石/没边没沿的沙砾/啊 大海死去了/凝固在海底这么多泪滴

我请戈壁接受我的敬意/把亿万年的生命化成了溶液/像血管隐藏在贫瘠的大地/然后像个巫师紧闭住呼吸

风就站在面前/鞭打 践踏 撕裂它的背脊/允许我也化成一块戈壁/任暴风啃咬我紧握钻杆的手臂

有一天我会变成石油河/捧着黑色的火焰从大地走过

《戈壁》

这是寸草不生,无边无沿的黑卵石和粗沙砾构成的戈壁吗?是,但它也是诗人主观心灵的对应物。诗人笔下的戈壁,与他受尽屈辱,受尽鞭挞,洒满泪滴的前半生,何其相似!而"任暴风啃咬我紧握钻杆的手臂",不也正是诗人虽九死而终不悔的对祖国、对人民忠诚的心灵的写照吗?

再如这首《盐湖》中的老牧人:

我年轻时在草原上流浪/离别家乡飘流过许多地方/命运的悲苦像盐粒啊/梦中总想回盐湖哭一场

---

① 张天佑:《唐祈诗歌的民族文化空间营造与民族诗学阐释》,《诗探索·理论卷》2015 年第 4 辑。

扎来特旗的萨仁姑娘/是一轮温柔忧伤的月亮/当我们的孩子和帐篷失去了/眼泪像盐湖闪出白光

她现在不知道去了哪方/我脸上岁月的皱纹枯树皮一样/我不喝酒 也不歌唱/悲哀的盐湖早已遗忘

啊 一滴老牧人的泪多孤独/它才是我内心的一片盐湖

《盐湖》

这是一位在草原上流浪的老牧人的自白,他失去了家乡,失去了爱情,他经历的苦难像数不清的盐粒,他孤独的眼泪汇成了盐湖苦咸的水。诗人在诗中逼真地塑造了一个历经苦难的老牧人的形象,但读者感受到的却不止于此,而是从老牧人的形象中发现了唐祈那个终生与苦难相伴而又抗争不息的灵魂。

1980年代唐祈的诗歌就数量而言,要超过1940年代许多,不过,就给人的新鲜感与震撼感而言,1980年代的诗歌却不及1940年代。这不能简单地用一句"诗是属于青年的,诗与青春有相通的含义"来回答。郑敏评论他1980年代的诗作时说:"唐祈像一个获释的无辜者,走出冤狱后,饥不择食的赞美着一切自由的生活,他以不平常的热情和延宕的青春歌颂着大西北,来补足他对生命的迟到的热恋。压抑太久的热情难以找到艺术形式,心是那么激动,而笔却有些缓慢和过于驯服。诗人说他曾渴望摆脱以往的抒情腔调,也许有一天他会找到新的节奏"[①]。作为唐祈的挚友与诗友,郑敏的评论是十分中肯的。一个少数民族诗人的民族性,表现在长期的民族生产方式和生活方式下形成的民族潜意识和民族根性上,也表现在独特的语言方式和

---

① 郑敏:《〈唐祈诗选〉序》,《唐祈诗选》,人民文学出版社1990年版,第10页。

独特的审美情趣上。近几十年来，随着少数民族地区的巨大变化，少数民族中也涌现了自己的诗人，他们通过对本民族的自我书写，展示了独特的民族性格，完成了民族文化的自我建构。而唐祈写今天的少数民族，不管是哪个少数民族，大都还是在用他最熟悉的、来自西方的十四行诗来抒写，而忽视了如何用新的艺术语言、新的表现形式对新的历史条件下不同少数民族的心理、性格加以开掘，对于唐祈企图重构少数民族诗学的宏大理想而言，这自然是一种遗憾。

1977年，唐祈在得知自己的挚友何其芳在粉碎"四人帮"不久后逝世，曾写下《悲哀——缅怀诗人何其芳》一诗，其中有句云："太阳出来了，你却含恨过早地死亡！"这句话不幸成谶。唐祈死于一次医疗事故，去世时才69岁。如能假以时日，以唐祈的悟性、学养与勤奋，他也许会完成新的蜕变。然而"有力的手指／折断了这冬日的水仙"（郑敏诗句），命运再没有给唐祈提供这样的机会，这不能不让我们深深地感到惋惜。

为纪念唐祈诞辰95周年、逝世25周年，人民文学出版社即将推出唐祈诗全集，编者嘱我为序。尽管在唐祈生前，在北京和兰州我与唐祈曾见过几面，当面聆听过他的教诲，但作为晚辈，生活底蕴的不足与诗学修养的欠缺，的确不是写序的合适人选。但编者盛情难却，只能不揣浅陋，写出我对唐祈诗歌的粗浅印象，以就正于专家与广大读者。

2016年6月15日

序二：在西北：唐祈的生命诗学

郭郁烈

1938年8月，因父亲在甘肃邮务局任职之故，唐祈举家迁至兰州。此后因为求学、工作之故，诗人四处奔波。但是兰州在他的诗歌生命中，从此结下不解之缘，《蒙海——边塞十四行诗之八》《游牧人》《拉伯底》《回教徒》《穆罕穆德》《仓央嘉措的比喻》《仓央嘉措的情歌》《仓央嘉措的死亡》等作品，便是诗人从兰州向西北腹地进发，感古伤时、感物兴起的生命咏叹。自此，西北的岁月、西北的风物，刻在唐祈的歌喉中，不管我们以何种方式分析他的诗歌，都无法回避这种生命的斑斓。

冥冥之中，西北以故乡的方式，召唤唐祈的归来。历经劫难之后，1979年，唐祈复出。诗人郑敏如此评价唐祈复出后的创作："唐祈像一个获释的无辜者，走出冤狱后，饥不择食的赞美着一切自由的生活，他以不平常的热情和延宕的青春歌颂着大西北，来补足他对生命的迟到的热恋。"但是，作为多年知交，郑敏也坦诚地指出了唐祈诗歌存在的问题："压抑太久的热情难以找到艺术形式，心是那么激动，而笔却有些缓慢和过于驯服。诗人说他曾渴望摆脱以往的抒情腔调，也许有一天他会找到新的节奏"。诗人郑敏所言的"艺术形式""新的节奏"是什么，这是我们应该追问的问题。

中国新诗初建,是从胡适的"作诗如作文"开始的。完成"作诗如作文"的诗体解放,就必须要面对"诗何以为诗"的本体问题。在诗的本体建设中,西方的现代主义诗学,起到关键的作用,它突破了新月派以来形式层面的诗歌思维,也突破了机械写实、图解观念的现实主义与浪漫主义误区,从内容深化、感情辗转、格律内蕴等层面入手,丰富了新诗的表达技巧,加强了新诗的哲学内涵。中国新诗的现代主义探索,经过象征派和现代派的早期探索,到1940年代,终于在"中国新诗派"的努力下扎根结果。这种新诗发展的历史脉络,在《唐祈诗选》后记中,被唐祈复述。在复述中,唐祈追忆了1940年代的写作情形,并转引郑敏的《回顾中国现代主义新诗的发展——兼谈我国当前先锋派新诗创作》一文,概括当时《中国新诗》同仁的诗学倾向,指出自己的《时间与旗》《老妓女》《女犯监狱》《郊外一座黑屋》《最末的时辰》等诗,是这种影响与切磋的产物。

"复述"是一种叙事,1980年代以来,重写中国新诗史的巨大突破,便是将压抑与遮蔽的中国现代主义诗学重新纳入历史版图,而且,在历史进化论的叙事链条中,现代主义逐渐成为新诗发展的最终一环(直到第三代诗歌出现)。在唐祈复述的1940年代,在《唐祈诗选》出版的1980年代,现代主义都是新的"艺术形式",这种新的艺术形式,是否是郑敏所言的"新的节奏",是否是郑敏期待的更适合表达复杂的历史经验、丰富的喜悦和痛苦的诗歌形式?

1990年唐祈逝世,在1994年1期《人民文学》,郑敏先生发表了十四行组诗《诗人之死》。在第十首诗歌中,她描绘了劫后复出的一代诗人的精神群像:"我们都是火烈鸟/终生踩着赤色的火焰/穿过地狱,烧断了天桥/没有发出失去身分的呻吟//然而我们羡慕火烈鸟/在草丛中找到甘甜的清水/在草丛上有无边的天空邈邈/它们会突然起飞,鲜红的细脚后垂"……但是,理想主义、浪漫主义抒情,对于郑敏而言,仅仅是一种复述,她自己,永远是一个清醒的旁观者:"狂想的懒熊也曾在梦中/起飞/翻身//却像一个蹩脚的杂技英雄/殒坠/无声"[1]。这种内在的清醒,源自现代主义的内省思维,追问与跌落、抒情与反讽,成为解构理想主义、浪漫主义抒情的启动密码,同时,它和现代主义更内在的绝望气质相关:"在冬天之后仍然是冬天,仍然/是冬天,无穷尽的冬天/今早你这样使我相信,纠缠/不清的索债人,每天在我的门前"[2]。

郑敏的《诗人之死》,是一个现代主义者,对浪漫主义者的悼念与审视。郑敏的"新的节奏",更恰当的艺术形式,正是1940年代现代主义的延伸与升华,更具体的苦难,召唤更丰富的现代主义表达。

而诗人唐祈的复出,只不过是完成了"生命的迟到的热恋"。也许,在1980年代后重写文学史的时代语境中,在现代主义完成的诗歌历史叙事的闭合链条中,这是一种倒退。但是,从诗歌于人的生命诉求而言,这何尝不是一种卸下包袱,还原诗歌本真热度的努力。进而言之,在第三代诗人完成了对中国现代主义诗歌的祛魅之后,我们更应该理性地去面对唐祈的"倒退"。

在诗人郑敏眼中,唐祈"补足"的"热恋",是他们一代人"迟

---

[1] 郑敏:《诗人之死·十》,《人民文学》1994年1期,第84页。
[2] 郑敏:《诗人与死·十一》,《人民文学》1994年1期,第84—85页。

到"的生命诉求。而超越具体的历史经验,在新诗潮风起云涌的1980年代,在诗歌内在生命萎缩的时下,唐祈独异诗歌思潮之外的热情歌唱,具有更加深远的诗学意义。笔者认为,唐祈的晚期诗歌,可以从以下三个方面展开思考:

第一,对生命之力的召唤。1905年,鲁迅发表了《摩罗诗力说》,这种对个体生命力量的召唤,成为新诗发生的地下潜流,个性解放、社会解放的新诗精神,都和这种世纪初的文化诉求,有着内在的精神联系。唐祈晚年的诗歌写作,内在的出发点,便是对这种力量的召唤:"他的棕褐色面孔像岩石刻成,/深深的皱纹里隐藏着青春,粗犷的力,/在闭锁的浑身肌肉中隆起"(《猎手》),这个"猎手",是最初的"人"——他在丛林里,在狩猎与被猎的双重命运中,严阵以待,蓄积着生命的力。这种超越个性解放话语、超越社会解放话语、回归生命本能的力量召唤,也有属于它自己的乌托邦:"姑娘长大了,声音却比蜜甜,/像鸽哨系在飞鸽的翅膀里;/她唱得太阳不愿落西天,/歌声能把草原从月光下托起……她唱醒了一个古代的民族。"(《一个裕固族姑娘》)。

第二,对生命情热的歌唱。唐祈的情歌,有五四时期爱情诗的单纯明净——那种背离世俗藩篱的孤注一掷,也保留着"民歌加古典"的社会印痕:"花园里青青的古拉斯蔓,/心灵的泪水浇它永不会枯干;/你两颗晶亮的黑葡萄一闪,/我会歌唱一百个夜晚。"(《天山情歌》)但是,在这类诗歌之中,我们可以清晰辨析诗人唐祈的个人努力,他总是试图褪尽个性启蒙的书生意气、淡化"新民歌运动"的粗放扩张,他以学院派的严谨,写作自然天成的诗歌:"五月白色的花朵开放,/雪水在山谷喧响,/直到晚霞燃烧我的脸庞。//那棵白杨树旁/不由得心慌,用刀刻下的/名字,就像她的辫子飞扬……"(《放牧谣——一个边疆知青手记》)从"白色的花朵""雪水"到"我的脸庞",到树上刻字的相思场景,直到睹字思人想象女子发辫飞扬……有意境的虚写,有场景的还原,有镜头的推移,有声色的转换,有叙事的绾结,有想象的延伸,在貌似朴拙自然的民歌式抒情中,蕴藏着丰富的艺术技巧。

第三,对生命空间的广阔遐想。也许,《放牧谣》之类的诗歌,内含的不仅仅是一个成熟的诗人对诗歌技法的运用,从本质上讲,这是现代社会的被缚之人,对广阔的生命空间、多维的生命结构的诗意幻想。这是唐祈笔下的草原:"羊群比云彩还多哩,牦牛像静默的小山冈,/不同音调的号角一同吹响在草原上"(《草原》),只有在这样的草原上,"我们的脚步跟着骆驼的蹄印延长,/直到建筑起每一个黎明的村庄"(《草原夜曲》);这是唐祈笔下的戈壁:"把亿万年的生命化成了溶液/像血管隐藏在贫瘠的大地/然后像个巫师紧闭住呼吸"(《戈壁》),只有在这样的戈壁上,"有一天 我会变成石油河/捧着黑色的火焰从大地走过"(《戈壁》)。

"跟着骆驼的蹄印延长""捧着黑色的火焰从大地走过",便是唐祈晚年诗歌的精神写照。这是生命"迟到的热恋",更是诗歌本真的开始。带着这样的古老情义,唐祈定居兰州,周游西北,尽十年余力,注释了自己作为诗人的本质性诉求。

第一辑 (1936—1949)

在森林中[①]

我漫步:
在森林中,
听,岁月里
悠悠的风。

我听到:
远处的山上的钟,
像永久的歌声
上升到天空。

谁的一个声音,
又在森林中,
谁的一个声音,
又在森林中。

远处的风;

[①] 录自《诗第一册》。以下 1948 年之前的诗未标明出处者,皆录自《诗第一册》,不另注。凡收录在《诗第一册》中的诗,以其为底本照录并汇校。《唐祈诗选·诗歌回忆片段》将第 3 节第 2 句的"又"字删除。

山上的钟；
我将向哪里走，
在森林中。

1936

河

河上
没有木船
渡
仇人的马

渔人
在岸边
守卫
自己的家

河呵
祖国的河呵

1936

旅　行

你,沙漠中的
圣者,请停留一下,
分给我孤独的片刻。

我要去航行阿拉伯,
远方的风会不会停歇;
沙砾死亡一般静默。

沉思里,我观看
星宿;生命在巴比伦天空,
突然显得短促。

1937 年 6 月写于南昌

日暮的山村[1]

粉蓝的黄的灰色的
大块云彩,水汽浓重地涂抹
雨后的晴空,牛羊牧人和风,
点点大小回到黄昏的村中。

公路带走无边远,无边远的梦,
三五村女喃喃着城市,像夺目的虹。
只大树,磨坊和老人不懂时间变化,
他们不觉衰老,眼见孩子个个长大。

晚霞撒下大幅灿烂的时装,山有温柔
叠折,牧羊瞪眼看火烧的衣裳
跪着挤乳的少女夕阳般沉醉:
一只烂袖子托着远远的凝望。

黑夜降临:不少茅屋前的炉灶,
袅旋一朵朵黑花炊烟,暮色中

---

[1] 写作时间不详。

男人劈柴,女的抢着火焰,
映着山村背影,多么跃跳,鲜艳……

秋

蒙茸的小草呵，
白融融的雾，
峰顶潮湿,山脚下低洼的
泥路,丛丛的灌木里:
我的脚步。

看远处的风景像烟;
我的身体也被寒气裹住。

什么都静寂得像期待,
一个结果,我感到
自然比我更严肃。

深山里,
有你的旋律。
呵,你的旋律藏在风里
听,回忆的笛。

笛,梦样的消失……

听,一群羊蹄的纷沓,
黄昏围住他:
像个小牧者,走远了……

听,几片羽毛,
从星光上飘落下来,
惊动了晚歌前的蟋蟀。

月光下,
一个老人在井旁,
汲水,捞满一桶月光。

和尚在阴影里
沉思,蒲团上坐着他,
像一枚新鲜的菌在收缩。

那些残棋般的零星茅屋,
茅屋顶下的人,牲畜,
夜休息了吗?没有声音
一串无音的音符……

1937

流 浪 人

我怨艾着路灯的装置者了；
就是他，使凄凉的夜色临近了一步，
由于江上升起的白色的雾；
由于水声击着沙石的低音；
由于孤立的木船上，一个老年人；
你去想一支春夜的流浪的新调子吧。

大堤的木桥上停住了脚步，
我低头，想着流水的一个尽处。
呵，我是知道何以这样默默地走的。
看看隔岸的黄昏的窗里的灯火，
回想远方冰雪和炮火中的家。

1938

河 边[1]

——边塞十四行诗之七

河边吹起了清脆的号角,
集合了许多的牧羊人,
没有驼铃和纯白的羊群,
符号却告诉你是一个兵丁。

沙原的草还很嫩绿,
岸边的蹄印里仍积结住薄冰,
是要抛开这寂寞的年月了,
用欢喜来听取入伍的命令。

羊皮袄上肩一枝马枪
那根牧鞭已交给自己的女人,
知道这是防备的时候了,
否则,黑色的强盗会闯过来。

---

[1] 初刊于《现代评坛》第五卷第十七、十八期(合期),1940 年 5 月 20 日,以《边塞诗抄》为总题,同组的另一首是《蒙海》,署名唐那。另见国立西北大学文艺习作社编《青年月刊·文艺习作》1940 第 3 期。

河上都吹响亮亮的号角
牧羊人的队伍走过了山坡……

蒙 海

——边塞十四行诗之八

蒙海,一个蒙古女人。
四十岁了,还像少女的年青,
她说一串难懂的言语,
告诉我来自辽远的沙布尼林,

她穿着旧日的马靴和羊皮衣,
头套上的珠子夸着贵族的富丽,
她唱着一支牧羊女的谣曲:
说是成吉思汗英雄的后裔。

如今,她走得更远了,像白云
却挂住了以往的回忆。
她爱那沙漠的金色的土地呢;
时刻想回到沙上的帐幕里。

蒙海是个被迫的漂泊者,
蒙海的影子是悲哀的。

蒙　海[1]

蒙海,一个蒙古女人。

三十岁了,还像少女样年轻,

她说一串难懂的言语,

告诉我来自辽远的沙布尼林,

她穿着旧日的马靴和羊皮衣,

---

[1] 此诗刊于《文艺复兴》民国三十五年第二卷第二期,以《辽远的故事》为总题(另有《拉伯庇》、《游牧人》),署名唐祈,题记为:"旅行,我的感情更丰满的分给别人"。此《蒙海》重写了第3、4节,删除了副标题,可视为同题诗。收录《诗第一册》时据《文艺复兴》的《蒙海》并进行了修改,加了注释。改动处原为:
　　"三十岁了,还像少女的年轻,
　　她说一串难忘的言语:"
　　"她穿着往日的马靴和羊皮衣,
　　头套的珠子夸着衰落的贵族的富丽,
　　她唱一支牧羊女的谣曲:"
　　"欧洲人都颤栗地跑在蒙古人面前——
　　世界上游牧过我们金黄色部落……"
　　"蒙海,突然静默在谣曲的回想里,
　　静默得像远方牧着马羊的故乡。"
收录《唐祈诗选》时依据《诗第一册》略有改动:"样"改为"一样","辽远"改为"遥远","跑"改为"跪"。

头套上的珠子夸着衰落贵族的富丽,
她唱一支牧羊女的谣曲,
说是成吉思汗的后裔。

那谣曲唱出了沙漠一千个城廓,
苏尔丁长矛①征服俄罗斯,埃及,美丽的多瑙河……
欧洲人都颤栗地跑在蒙古人面前,
全世界游牧过我们金黄色部落②。

蒙海,突然静止在谣曲的回响里,
像远方鞭牧着马羊的故乡。

1938·甘肃兴隆山

---

① 成吉思汗用的武器,蒙古人传说是神在个月光的山上赐给他的,至今仍保留在灵柩旁,视为神器。(原注)
② 金黄色部落,欧洲人称蒙古人叫 GOLDEN，HORDE。(原注)

游牧人[1]

看啊,古代蒲昌海边的
羌女,你从草原的哪个方向来?
山坡上,你像一只纯白的羊呀!
你像一朵顶清净的云彩。

游牧人爱草原,爱阳光,爱水,
帐幕里你有先知一样遨游的智慧,
原始的笛孔里热情是流不尽的乳汁,
月光下你比牝羊更爱温柔地睡。

牧歌里你唱:青青的头发上
很快的会盖满了秋霜;
不快乐的生活就会得夭亡,
哪儿才是游牧人安身的地方?

---

[1] 初刊于《文艺复兴》民国三十五年第二卷第二期,发表时注明该诗作于卅一年柴达木屯。
收《诗第一册》改动处原为:"不快乐的生活就会得夭亡/哪儿是游徐人安身的地方?"
《唐祈诗选》改为:"不快乐的生活啊,人很早夭亡/哪儿是游牧人安身的地方?"

美丽的羌女唱得忧愁；
官府的命令留下羊，驱逐人走！

1938年·青海

回 教 徒[1]

黑色的圆顶屋,
满腮络须的回教徒,
像神洁的香料洗过的,
蒙着青纱的穆斯林少妇

到礼拜寺:脱下鞋
脱掉地上走过的尘埃;
生活的静肃间默祷片刻,
救主啊,你的荣名穆罕默德!

白色的教堂里没有神像,

---

[1] 以《辽远的故事》为总题刊于《人世间》1948 年 2 卷,同组有《故事(第三十一首)》,署名唐祈。注明作于"1942·西北边疆"。《唐祈诗选》未收。
收录《诗第一册》的改动处原为:
"黑色的圆顶帽"
"蒙着面纱的穆斯林少妇"
"脱掉地上奔走过的尘埃;
静肃的空气里默祷片刻,"
"黎明。向太阳希望;
右手提壶,流动着清水,"
"神的意义乃在于净化。"

黎明时,向太阳希望;
右手提壶,流动的水;
生命永在洗涤中不断的忏悔……

回教徒啊,每日清洁吧;
神的心灵乃在于净化。

1938

穆罕默德

穆罕默德呵,瀚沙里的
先知,祈祷中我感到亲切,
红海边你走过麦加城,一把剑
流传下可兰经典在阿拉伯

引我前行吧:我的心今天
是一把剑,这边众多的人民呵,
正受难在一个暴君的面前,
他比恶魔更多一百倍罪愆。

这些夜,我放逐在回教徒一起;
当他们地上没有粮食,房屋被毁弃;
妇人哭着礼拜寺被熊熊的火烧掉;
当他们脸上的皱纹再藏不住悲戚。

主啊:生活中我寻找宗教;
服役更多人民将替代你的崇高!

1938

仓央嘉措的比喻［四］

达赖活佛啊：你的名儿
仓央嘉措，像神一样，
也像一朵奇异的云，
飘行在西藏顶燥热的山上。

人们称你为世上的君主，
你的灵魂却在宫中低徊歌唱，
虽然庄严挂着珠宝辉煌，
你的情歌却唱出神前的一只替罪羊。

你爱比喻一个树上刚熟的
山桃，你的热情是上面蒙茸的细毛，
愿为一个山上的少女摘去，
融化在她烈火似的胃囊里。

你的情歌更有生命的火焰，
七十年后方有我第一个人发现。

1938

仓央嘉措的情歌［九］

快乐的白云啊，
你被禁在黑暗的牢盒里，
虽未失掉洁白的一双翅膀
又哪能让你飞到天堂呢！

美丽的鹦鹉啊，
虽是上界飞禽，
却禁不住海水的诱惑，
早被引到一个暖和的南极。

我身上渐渐沉下的重病，
都是你紊乱的情绪构成；
除了神圣的拉姆仙丹，
百医都要感到发昏。

湖上的雁啊，不要多疑窦，

鹤儿虽然饿倒,不啄食泥中的草根。

     1939年根据一个梵文译诗写成①

---

① 《唐祈诗选》删去"1939年根据一个梵文译诗写成",并注"一九三九年三月写于兰州"。

仓央嘉措的死亡 [十四][①]

黄昏从没有这样奇异变化；
天空险恶的灰云吞没灿烂的晚霞，
歌声孤独地从山顶浮荡，
啊，仓央嘉错一个僧人愉快的歌唱。

从禁锢的牢笼逃奔，
你天生是蕃民的流浪草原的灵魂；
虽然死是一种寂寞，
这比宫中活佛的生活快乐。

朵斯桑爱人啊，轰轰的夜雷响在耳旁，
暴雨闪电找不出你的方向，
山上，天空，松树林和河流呀，
残暴地，都是旷野一般自由。

自由，自由刚在你身体内滋长，
勇敢的僧人，你竟渴死在旷野上……

1939

---

① 《唐祈诗选》改动处有二："蕃"为"藏"，"都"为"却"。

故　事①

湖水这样沉静,这样蓝,
一朵洁白的花闪在秋光里很阴暗;
某早晨,一个少女来湖边叹气,
十六岁的影子比红宝石美丽。

青海省城有一个郡王,可怕的
欲念,像他满腮浓黑的胡须,
他是全城少女悲惨的命运;
他的话语是难以改变的法律。

我看见,他的兵丁像牛羊一样地
豢养,抢掠了异城的珍宝跑在他座旁
游牧人被他封建的城堡关起来,

---

① 初刊于《人世间》1948 年 2 卷第 5、6 期,署名唐祈。注明作于 1941,青海旅行,《唐祈诗选》未收。收录《诗第一册》时有改动,改动处原为:
"豢养,劫掠远方的珠宝跑在他座旁
游牧人被他千百成群地关起来,
他要什么,就像伸手到自己的口袋。"
"一秋天,那少女花瓣一样悄悄地投入
湖底,青海人一个秘密而忧郁的传奇……"

他要什么,仿佛伸手到自己的口袋。

秋天,少女像忧郁的夜花投入湖底,
人们幽幽指着湖面不散的雾气。

1939

拉 伯 底[①]

拉伯底,你从很远的沙漠地来,
今夜却死在异乡寺院的门外,
你的手在胸前的符上颤抖:
拉伯底,最末一次向神的膜拜。

你梦过鲁萨尔圣地的圆塔顶,
白色的螺旋像一朵云,
满殿的经典是宗克巴神的咒语,
你听见活佛座前三千个喇嘛的声音。

你从风雪的天山走到戈壁的夏日,
荒凉的祁连山下有跪拜的脚迹,
你抛弃了家人,房屋,和七千头牛羊
一步步远了啊;记忆里故乡的南疆。

[①] 初刊于《文艺复兴》民国三十五年第二卷第二期,发表时注明该诗作于卅年青海鲁萨尔镇·塔尔寺,标题原为"拉白底"。在"你抛弃了家人,房屋和七千头牛羊"后有省略号。
《唐祈诗选》注明该诗作于:1938年9月写于青海·鲁萨尔镇。

今夜,寺院的鼓声幽秘地打响;
你有神祇前更空洞的死亡。

1939 青海·鲁萨尔镇

九行诗二章[1]

不 如 归

燕子在蓝天里划着圈,
划出寂寞里平静的喜悦。
你,是从南方飞来的吗?

秋天的雁子早已远了,
我还是徘徊在沙漠的北方。
默默地漂泊的记忆是悲哀的……

我永成了异地流浪的人么,
且封住自己的脚步归去吧。
故国在烽火中渐渐荒芜尽了!

---

[1] 初刊于《现代评坛》第四卷二十二期,1939年7月,署名唐那。

怀乡病

柳条叶已拖向河岸边；
游嬉着的孩子脱下棉衣了；
燕子给北方带来春天了呢。

遥远的,河上的一面：
青草已覆上石桥了么,
房舍被丛木遮荫了么……

是的,家山在千里以外了,
但长久地岁月的提示里
我有寂寞,寂寞的怀乡病。

1939 年 3 月,兰州

我们的七月[1]

"像一只海燕
勇敢地闪飞在海浪上的
前面,在暴风雨里
从这边到那边……"

我们的七月
来了啊!

芳香的田地里
庄稼人在推动着耕犁,
汗湿着夏日的泥土上面
那一双有力地弯垂的手臂呵
是在收拾去年播下的种子吗?
季候鸟的叫唤永是熟悉的。

这已是第二年七月的风了,
渐吹黄了你的麦子和稻,

---

[1] 初刊于《现代评坛》第四卷二十一期,1939年7月7日,署名唐那。

村旁的兵士也来灌溉着水
在白云下健康地笑呢
村姑子的嘴里唱着"卢沟桥……"

我们的七月
来了啊!

丛木长得繁密了;
树林里叶子的骚声沙沙地
那冒出来的烟突呵
终日吐出着浓黑的烟雾,
满身油污的工人,愉快地
走上长路用壮大的步子,
我们光荣的季节已来了呢!

林末的那边是广宽的
草场,静谧地披晒着七月的阳光。
号筒清脆而嘹亮的走过了
壮丁的行列迅疾地来了呢,
蜿蜒着像古代坚牢的城墙,
这中国新生地勇敢的队伍啊!

我们的七月
来了啊!

南方七月的乡村

野花明烂地开遍了；小溪
的水更清亮地向远方流去。
是往年神话里乌鹊桥的时候了
但如今也被时代的声音所吞灭；
村妇人都忙碌着缝战士的征衣呢……

石桥旁边游戏的孩子，
赤露的胳臂摇着祖国的国旗，
还愤怒地喊着"打到日本帝国主义"呀！
健壮的在七月里长成到大哟；
你们已知道谁是我们世代的仇敌！

我们的七月
来了啊！

遥远的
遥远的海上；
暴风雨虽隐没了往日明月的渔女
但毁灭不了这汹涌的海底巨浪，
天生自由的渔人们哟；
勇敢的渔船仍旧扑打着木浆，
在守卫着这水上的家乡啊！
在向着暴力作无止息的拒抗啊！
……
直等到像从前一样的平静，
祖国的灯塔再披上光明。

白鸥从天的那面飞来了,
这已是第二个海上七月的标记。

我们的七月
来了啊!

祖国东方、北方、南方的大野,
更有多少为争自由的勇士
用成河的血流,
用壮烈的死,
……
来雕刻这纪念七月的碑石,
来完成这一部颂赞七月的史诗。

1939 年 6 月底草于兰州

短歌二章(九行诗)[1]

唐那、易铭

一

铜琶从黄沙拨出万重琤瑽
白马的背上壮志如长风
且歌出古代疆场老迈的英雄

征骑踏碎过月明的山崖
晓风的城头会缓缓吹起悲茄
积雪大野上白骨如花

长剑美酒足夸尽盖世豪华
黄沙堆起的坟墓明亮如金塔
短歌声里悲凉溢遍荒涯

---

[1] 初刊于《现代评坛》第四卷二十三期,1939年8月5日。"易铭"见唐祈《诗歌回忆片断》。

二

我听见你的铜琶在边城上琤瑽
冷月的城头如一个荒凉的梦
那古代的疆场哟！如古代的枯塚

噫！古代的幽灵怎样的启示了你
沙漠的风怎样把怀古幽情吹起
那横横苍郁的树，猎猎褪色的旗

刁斗声里催白了双鬓的老将
驱马城上羌笛盖满心头如严霜
如今是你，噫！夜夜登临望故乡

送 征 吟[1]

征　妇

如今,送你过大桥头去
杨花在肩上絮絮的
寄语;从此出征去哟,莫踌躇!

如今,还伴行在你的身前
今夜的明月照你到遥遥的天边,
莫要将我哟,依依的牵恋。

如今,村头的旁边长别离
流水映下了多少往夜的回忆,
我也长愿随你去哟,永远为你……

如今,你将跋涉到千里外

---

[1] 初刊于《现代评坛》第五卷二十一、二十二期,刊行时间为 1940 年 2 月 20 日,署名唐那。

是出征哟,压下了涌来的悲哀,
那一天哟,你的歌声再从江上归来?

征 男

明天,白云送我远远的去,
往日的梦里是天涯的儿女
长征的路呀,也有幽怨的风雨。
明天,行军到天的那一面
我将应着号筒勇敢的向前
可是,有一个影子呀,仍将挂念。

明天,风霜将扑打来征衣
你不要为远方的征人而叹息
就是百般磨折呀,也难将你忘记。

明天,兵车将我带到边塞,
你不要长此在岸边徘徊,
征战不休止呀,我还不应归来。

2月城固

逝 水 章[①]

"往事如逝水啊……"
沉思人向大江叹道。

已不复是旧年
江水涨起
夹岸的花落
送你戎装远去
那频频的依依的回首
郁郁的眉,
而且舟只做了负重
将别离从水上
寸寸载去。
唉,如今
清明的雨却匆匆过了
遗忘 到你坟前
将几张纸烧化

[①] 初刊于《现代评坛》第五卷第二十、二十一期(此期为特刊号),1940 年 7 月 7 日,署名唐那。

哀念你的身后萧萧

在南边一个明媚故居
你的家里人卜起课,挂念你
风雨流年,流年风雨
"祝国士战地来去一路平稳"。
然而在天外
一个新坟草还青
一个岁月
一个幽魂。
素月照你的墓
江水唱谁
为国殇的歌。
"逝水长流
千古永垂"

沉思人试一试泪
澎湃的大江东去。

冰原的故事[1]

二月的冰原呢:我在结冰的草上走
　我低着头。
二月的冰原呢:我走过山坡又走过了
　山坡,白雪永不消化。
二月的冰原呢:乌拉山渐渐在山的前
　面,我望着山,我想你就在山那里。
二月的冰原呢:我来看你,我来看你。

我有着一个美丽想像的,我爱冰原。
我有着一个美丽故事的,就在冰原。
我想像冰原上起了黄昏,黄昏里会有
一个人。
我想像你的羊脂灯是寂寞的。
(而我走过的许多夜都是那么长:)
我却爱上了冰原;
我爱你的冰原。

---

[1] 初刊于《现代评坛》第六卷第二十、二十一期,1940年10月,署名唐那。

我走到了,冰原和山坡退在后面。
踏着白雪我找你的住处,一里雪像没
有尽头
我停住在一个老年人的家,听老人单
调的话,单调的话乃是你的故事:
(一个女骑兵的故事:)
"一个雪夜,一匹白马。
你丢了老年人走了:
独自的走了;不在冰原。
那夜开走了一队兵。
……
……"

三月的白雪更白了,冰原更无边际。
我永远在冰原上走了,我的头更低垂。
行囊里乃有了你的一支画角。

      10月11日,初稿于兰州

招魂(散文诗)[①]

主哀篇之一·寄易铭

荒山起了风沙,远远的又起了牧羊人的角笳;风沙又带着牧笳飘下山来,羊群缓缓归家了,啊!你该回来呀!

大漠是荒凉的,山前一个人在召你呢,我的帐幕长年在繁霜与风沙里,我的思念常是凄苦的,啊!你该回来呀!

黄昏来了,赶车的老人孤独的走过去,衰老的咳呛消失在远的地方,不再有行人了,啊!你该回来呀!

帐幕前我点亮了羊脂灯,我已收拾了那具破败的旧琴,我也

[①] 初刊于《青年月刊·文艺习作》1940年第3期,国立西北大学文艺习作社编,署名唐那。
易铭亡后,唐祈将亡友的诗作《醉歌行》发表于《现代评坛》并写了附记云:
"在八月十九日嘉定的大轰炸下,易铭在武汉大学被轰炸惨死,诗人在生前刻苦地写下了不少的诗章,但都没有拿出来。诗人在信里说:'……我想与世人头一回见面的该是一首成熟的长篇叙事诗或是一篇诗剧,而不是一些感情的碎片……'因此诗人曾经化过三年的努力写成一篇长叙事诗《流浪的心》,但这些都被葬于火,这应是诗人最惨的遭遇。这篇《醉歌行》是诗人去年由嘉定寄来的,其余所寄只有《秋天》、《江上》、《红墙》、《影子》、《休洗红》、《不如归》寥寥的十几首,想刊印他的遗作全部,唉,诗人的死是太可哀惋的了,易铭还只有二十三个短短的年月,(他还是武汉大学文学系三年级的学生呢!)却这么早的完全凋谢了!唉!让我们来记住这惊人惨绝的赐予!"

在山前用草燃起了几串青色的丽花。啊！你该回来呀！你该趁黄昏从山后回来呀！

你就不来看看这荒地，许多战争里死者发亮的碑记，蔓草掩不住这些远埋的白骨，白云永记得他们生前是沙漠的轻骑。

我曾有一个悲哀的名字：是你呢。啊！你该归来……

你也不来听听我手弹的琴：——里面有二十三个早谢的春天，也有你飘落在异乡外的寂寞；月明的夜里，你徘徊如一个鬼灵，我的琴键上将充满抑怨如风雨，我也将伴你低首而唏嘘，啊！你该归来……

难道你也忘记了往日的一支芦笛，那上面曾有过你一支秋天的歌吹，我知道你是有过心思的，如今芦笛随我来北方，你愿意还是取回去带在你身旁，你是悲哀的呢，啊！你该归来！……

你来告诉我说："我有幽怨在南的河边呢，河边有一个人。"

你来告诉我说："我常常去遥远的海上呢：看母亲面对着蓝色的海水叹息。"

你来告诉我说："我曾经是几回立在你的帐前呢，一夜的风霜使我又走回墓地。"

啊！如果你害怕二月冰原的夜寒，我是会燃起一堆熊熊火苗的，一同来看炉火的红颜。

啊！如果你嫌长夜是无边的寂寞，我会唱一支旧日之歌的，让你静静的回想起童年；童年的那一条河。

我愿意看你一个人幽幽的走进来又走出去。

我会留下长长的默无一语。

我会让湿润了的眼睛慢一点流出什么来！

风沙走得很远;荒山更荒寂了!
青色的丽花仍在草间;在月下。
(隐隐的狼嚎你不必害怕:)
你该回来呀!你该回来呀!

航　海[1]

当我们的船舶离港,航行
在海上,世界愈远愈觉苍茫,
无涯的气象,船是一个虚点在
椭圆的大海面上升,下降。

载着满船的交换物资和梦想,
远飑呀,另一些船舶疾驰过去,
气笛放射着警戒的言语。

世界很大,大得可怕,
多少没有发现的陆地开始
沉沦,海底有期待突出的悬崖。

越走,越感出人类狭隘;
一个海岸划分出生死般森严,
城市:检查一些属于自己的利益。

---

[1] 初刊于《大公报·文艺副刊》1948 年 8 月 18 日。

一个国度是一个孤立派的
岛屿,希望海水四面守护围绕,
军舰在沉默呼吸,并且夜里巡弋。

自然却静默的倾诉,从不急躁;
大海有时长啸,却有时孩子般大笑;
星星月亮都欢迎飞入它们怀抱。

太阳下虽也有阴影,坦白的
平面都闪耀得金珠辉煌,
世界在远航中有我的改造和理想。

未来航线的指标都是一个彩色
与方向,辽远的海岸像自己的故乡,
海上唱着同样歌声,欢呼一个方式!

1942

墓中人的歌

谁在敲我的墓：
求你不要惊扰,宁静地
我是天空死亡的一颗星辰,
害怕白日那些邪恶的眼睛。

谁在敲我的墓门?
我的官长,早挂上灿烂的勋章,
再不会从荒野地走过,
忘记了我是他什么兵团的一个。

谁在敲我的墓门?
我的妈,为我打仗哭瞎了眼,
走不出故乡空洞的门前;
只有我回想颤栗的白发。

谁在敲我的墓门?
我的妻子,孤寡们逼她改嫁了人,
亲戚朋友呵,都在忙忙碌碌生活;
活着的渐渐湮没掉我的姓名。

谁在敲我的墓门?
难道有人给我一个小小的碑?
野草上却只有流萤每夜在飞;
谁的脚步在这里徘徊?

一只野狗冷冷回答我:
没有人会敲你的门,
我因为吃得足够,
在这里藏一藏第二根骨头……

我叹息一声,像秋虫;
星在抖动,地上刮起了北风。

雕 塑 家

多少受难者的面孔,肌肤
凸凹着你的忧患的程度,
都学习地狱冰冷的石头般忍受。
没有泪,深沉如盲者的目,
凝视着圣洁的光辉。
默默地像聋人无声的耳鼓,
倾听四方有了赞美你的欢呼。

一片叶,一朵花摘下它们的
庄严形容,自然多么宽大仁慈,
只有你能欣赏,从它们间呼吸,
通过你两只温柔的手,
思想认出了它们固有的形体。

时间空间的流中,你的灵魂
不断创作拱形的长桥的
工程,人们通行过去——
你冷静的赋予一切的名称,
从面前到永恒。

1944

恋 歌[①]

——致希慧

海,流在最深的,
港口,最沉静

夜,最富于乐音的时辰。

快乐时:
我只想和你默默地
对坐,在高耸的山顶,
看一颗辽远的星。

悲哀时,
你牵着我的手,
在喧闹的
市廛上行走。

1944

[①] 《唐祈诗选》中注明该诗作于:1944 年 10 月写于汉中旅次。

十四行诗给沙合

虽说是最亲密的人,
一次别离,会划开两个人生。
清晚的微明里,①
想象不出更远的疏远的黄昏。

虽然你的影子闪在记忆的
湖面,一棵树下我寻找你的声音;
你的形容幻做过一朵夕阳里的云,
但云和树都向我宣布了异乡的陌生。

别离,寓言里一次短暂的死亡;
为什么时间,这茫茫的
海水,不在眼前的都流得遗忘,
直流到再相见的眼泪里……

愿远方彼此的静默和同在时一样,
像故乡树林守着门前的池塘。

1945年9月作于成都

---

① 《唐祈诗选》将"清晚的微明里,"改为"在微明的曙色里,"。

诉[1]

虽说是最亲密的人,
一次别离,会划开两个人生。
像早晨的微明里,
想像不出更疏远的黄昏;

虽然你的影子闪在记忆的
湖面,我寻找白杨树下你的声音;
你的形容幻做过夕阳里的梦,
但云和水都会带来远隔异乡的陌生。

别离,就像寓言里一个短暂的死亡;
为什么时间,茫茫的
海水,不在眼前的都流得遗忘,
直流到再相见的眼泪里……

愿我能静默地在你的怀想里,
静默得像你远方的故乡。

---

[1] 初刊于《文讯月刊》1946 年新 6 期,署名唐祈。是《十四行给沙合》的异体。

老妓女[①]

夜——在阴险地笑,
有比白昼更惨白的
都市浮肿的跳跃,叫嚣……

夜使你盲目,太多欢乐的窗
和屋,你走入闹市中央,
走进更大的孤独。

听,淫欲喧哗地从身上
践踏,你,肉体的挥霍者啊,罪恶的
黑夜:你笑得像一朵罂粟花。

[①] 初刊于《诗创造》第一卷第七期,1948 年 1 月,署名唐祈。《诗第一册》略有改动:改动处原为:
"夜使人盲目,太多欢乐的窗"。
"最后,抛你在市场以外,唉,那座"。
"深凹的窗:你绝望的眼睛。"
"塌陷了的鼻溃烂成一个洞,
却暴露了资本社会荒淫的语言
不幸的名字啊,你比它们庄严。"
收《唐祈诗选》时注明该诗作于:1946 年 6 月写于重庆。除第一行删除破折号,第八行"你"后加破折号之外,无改动。

无端的笑,无端的痛哭,
生命在生活前匍伏,残酷的
买卖;竟分成两种饥渴的世界。

最后,抛你在市场以外,唉,那座
衰斜的塔顶,一个老女人的象征:
深凹的窗;你绝望了的眼睛。

你塌陷的鼻孔腐烂成一只洞,
却暴露了更多别人荒淫的语言,
不幸的名字啊:你比他们庄严。

1945 年

圣　者(Lament)[①]

——追悼闻一多先生

每一个人死时,决定
一生匆促的行踪,
有的缩小,灰尘般虚渺
有的却在这秒钟,
从容地爆裂,
世界忽然显得震动。

生疏的人们因你开始认识,
熟悉的在行列中更热烈地走在一起,
你无言的声音,张开
一面高空的旗——

[①] 初刊于《诗创造》第一卷四期,1947年10月。收《诗第一册》时略有改动,副标题无"追"字,正文改动处原为:
"有的缩小,灰尘般虚渺……
有的却在这一秒钟,"
"生疏的因你开始认识,"
"一面高空的旗,
飘扬在七月的晴空,如巨大的"。
收录《唐祈诗选》时注明该诗作于:1946年7月16日写于重庆。除删除"如巨大的"之外,余恢复初刊本。

飘扬在七月的晴空,
一个启示般庄严,美丽。

你的灵魂将被无数青年人
歌唱:如一座未来崇高的形象。

1946

墓　旁（Lament）[1]

——从闻一多墓旁哀悼归来

你哭泣过一个烈士的
死亡,隔五天
我梦一样兀立在你的墓旁。

世界很大,这两座墓
更大,肃穆里:
上升着全国人愤怒的呼吸。

你墓旁没有人留下泪
感伤,为什么
谁都觉得这浓雾的晨光前,
沉重的布满了希望……

你生前的亲属,朋友,

---

[1] 初刊于《诗创造》第一卷四期,1947年10月。收录《诗第一册》时略有改动,改动处原为:
　　"上升着全国人愤怒的呼喊。"
　　"你本身已是照射别人的一个太阳。"

和崇拜的人群,都深深承受你的
热力和光,纵使你再也感不到:
你本身已是照射别人的太阳。

1946

严肃的时辰①

我看见:
许多男人,
深夜里低声哭泣。

许多温驯的
女人,突然
变成疯狂。

早晨,阴暗的
垃圾堆旁,
我将饿狗赶开,
拾起新生的婴孩。

沉思里:
他们向我走来。

1946

---

① 初刊于《诗创造》第一卷七期,1948年1月。收录《诗第一册》诗略有改动,改动处原为:"深夜里大声哭泣"。

女 犯 监 狱[①]

我关心那座灰色的监狱,
死亡,鼓着盆大的腹,
在暗屋里孕育。

进来,一个女犯牵着自己的
小孩:带判罪一同走入
铁的栏栅,许多乌合前来的
女犯们,突出阴暗的眼球,
向你漠然险恶地注看——
她们的脸,是怎样饥饿、狂暴,
对着亡人突然嚎哭过,
而现在连寂寞都没有。

墙角里你听见撕裂的呼喊:
黑暗监狱的看守人也不能

[①] 初刊于《中国新诗》第3辑1948年8月。收录《诗第一册》略有改动,改动处原为:"小孩:走过黑暗甬道里跌入,可怜的女犯在流产,"
收《唐祈诗选》时又恢复原来。但在"让罪恶像子宫一样"前加"啊!",将"厚重的尘埃也不来掩盖,"改为"铁窗漏下几缕冰凉的月光,"。

用鞭打制止的;可怜的女犯在生产,
血泊中,世界是一个乞丐
向你伸手,

让罪恶像子宫一样
割裂吧:为了我们哭泣着的
这个世界!

婴胎三个黑夜没有下来。
阴暗监狱的女犯们,
没有一点别的响动,
厚重的尘埃也不来掩盖,
她们都在长久地注视:
死亡——
还有比它更恐怖的地方。

1946年10月写于重庆

一个乡村寡妇[①]

虽然他,忽然变成一个坟,
却贪婪地带走你太多的东西
入土,你活着已经是半个世界的人。

遗留给你沉重的一间屋,一只床铺,
白日里每双邻人愉快的眼睛:
都会无意增添你夜深孤独的担负。

你只能在人前欢笑,像痛苦的抽搐,
门外一个远山塔上乌鸦的凝望;井旁的
影——时时向你伤心地招引。

[①] 初刊于《诗创造》第一卷七期,1948 年 1 月。收录《诗第一册》时略有改动,
改动处原为:
"入土:你活着已经是半个世界的人。"
"庸碌的白日,每双邻人愉快的眼睛,"
"风雨黄昏:远处村落晦暗的狗吠声,鸡啼,"
"你已厌倦,生活快苦闷得像死人的嘴唇。"
"它分给你一掬的温暖,可有一天灰色的
线断了;你才能抱住那半个世界的宣判。"

风雨黄昏:远处村落的狗吠,鸡啼,
湿淋淋的黑夜淋湿多少发潮的回忆
你梦着野地的坟墓,坟墓梦着你。

清晨你缠着白布走向市集,
热闹的人群带来远方的陌生的村镇,
你已厌倦,生活枯燥如死人的嘴唇。

终于一具骨瘦可怜的纺车,你的伴,
它分给你一掬温暖,有一天灰色的线断了,
你才抱住那半个世界的宣判。

          1946

别　离[①]

分离,在沉静中摇撼,
秋天的树叶子
冷风里微微地打颤,
含着泪笑吧,不要伤感,
因为把我们热情吹聚的
风,有时也会吹散。

你问过:
生命的树能有多久?
像我们这样结实的朋友,
你是果子,
我却是果子酒:
友情像酒,最醇的时间最陈旧。

我指过:
天上北极星的距离,
不要分开,我请求过你;

[①] 收录《唐祈诗选》注明作于:1946 年 11 月写于重庆。

如果一别再不能见面,
那比到任何星辰的
路程更暗,更阴险。

人的话语有时像风一样,
流散,把握住它,
很难,很难……
呵,我却是那个牧羊人,
厮守着你的
回忆:宁静得空空的羊栏……

1946

乡村早晨

黑土嵌一块块水田
各种形状的镜子;
晨星还在浮面迟疑,
飞鸟照一照,飞出朦胧树林,
彩霞便开始面对它梳洗。

太阳刚露出,云就欢欣,
划破寂静的赤脚姑娘抱着受凉的井,
嚏喷,吓跑小牛羊们乱穿浅红树影,
笨重的水牛抱着犁引农人下田;
他们不溺爱云影,伸个呵欠——
哗哗啦啦犁出活泼的一片黑泥泞。

1946

风　向[1]

湿的草气,云影,
池沼嵌得满满的,
天空我想得很远,很远,
一只杜鹃
在啼。

桃树上花朵有露水,
颗颗都是宝石,
快点摇落
　给我戴在
　三个手指间。

我经历过心里发亮的
几个名字——
　暮春季候最难呵
　　忘记。

---

[1] 收录《唐祈诗选》时注明作于:1946年重庆静观场。

房屋,窗,草地,
在绿色的困惑里
　　　沉住气。

花瓣无声随着流水
　　漂走了,漂走了。

蝴蝶们,多粉的
触角,在风中
碰头,采访着什么?

呵,我的心散开,
有的低飞,
有的远飏,
有的第一次颤动。

挖煤工人[①]

比树木更高大的
无数烟突,我看它们
是怪癖的钢骨的黑树林,
风和飞鸟都不敢认识,贴近,
粗暴的烟囱,疯癫上升着:
乌烟的雾气,乱云……

[①] 初刊于《大公报·文艺》副刊,1948年7月14日。收《诗第一册》时,将最后一节删除。"他们还要剥削不停……"以下部分改为"而且剥削不停——/直到煤气浸得我们眼丝出血,到死。/一张草纸,想盖住愤怒张开的嘴唇。"收《唐祈诗选》时有改动,写作时间改为1947,删除了第三、四节,其他改动处为:
"风和飞鸟都不敢贴近,
粗暴的烟囱,疯狂地喷吐出
乌烟似的雾气,一团团乱云……"
"三百公尺的煤层,深藏着
比牲畜还赤裸的
夜一样污黑的一群男人;"
"我们来自穷苦僻远的乡镇
矿穴里像可怜的小野兽匍匐爬行,
在挖掘,黑暗才是无尽长的时刻,
阳光摈弃了我们在世界以外,
很快,生活只会剩一副枯瘦的骨骼。"

比地面更卑下,比土阴湿,
三百公尺的煤层,同藏着比牲畜
还赤裸,夜一样污黑的更多的男人,

我们都来自各种各样穷苦的乡镇
矿穴里学习可怜的小野兽爬行,
惨绿的安全灯下一条条弯背脊
在挖掘,黑暗才是无穷尽长的时刻,
不久,阳光摈弃了这群在世界以外,
很快,生活只剩给你一副丑陋的骨骼。

呵,呜嘟嘟的挖煤机,
锅炉,日夜不停地吞吃着
钟点,火车昂头吐口气到天这边,
它们的歌都哭丧似的吓人,
当妻子小孩们每次注视,
险恶的升降机把我们
扔下,穿过比黑色河床更深的地层。
这里:没人相信,没人相信
地狱是在别处,或者很近。

我们一千,一万,十万个生命的
挖掘者,供养着三个五个大肚皮
战争贩子,他们还要剥削不停——
直到煤气浸得我们眼丝出血,
到死,一张淡黄的草纸

想盖住因愤怒而张开的嘴唇。

清算他们的日子该到了！
听！地下已经有了火种，
深沉的矿穴底层，
铁锤将想起雷霆的声音……

1946 年

小女乞丐[1]

她两只眼睛像灰瓷的
痰盂,时常流泪哭泣,
像别人吐进去的粘液。

她伸着神经质那样发抖的
双手,向生命乞求,
期待,当行路人一个走过去
另一个走来。

现在,什么都不用比喻:

昨天晚上
可怜的她
已经死去。

1946

---

[1] 收录《唐祈诗选》时,注明作于:1947年1月写于重庆。

夜　歌[①]

我怎样在寻找自己的
灵魂,让他对着夜,
当你的信成一串祝福的歌声;
两个分别的住处忽然邻近;
你在安宁的窗中将习惯地
谛听,不是为了寂寞的
我的提琴。

黑暗中我们将相遇,
默然间没有言语;
当炉火燥急地发出响声,
我们怔住:
好像突然回想前生。

自己,是属于谁的一部分?
彼此站在面前,感到

[①] 收录《唐祈诗选》时注明作于:1946年11月重庆,且将"默然"改为"骤然","燥急"改为"躁急";第二行"他"改为"它";倒数第二行第一个"的"删去。

从未有过的完整,
像沉默的提琴,沉默的弓,
有了最单纯的和谐声音。

呵,呵,我握住了
黑暗中的你的手,
和将要揭起的黎明。

1947

最末的时辰[1]

天亮:少女在公园里割断自己
蔚蓝色的脉搏。

街道上的窗紧闭,
城市人的眼圈都陷落下去;
白日纷乱,空旷的
市郊,更寂寞。

饥饿,泛滥的河,
汹涌吞没着
最末一个时辰的工作;

农人哭泣着田地;
工厂的大烟囱停止了

---

[1] 初刊于《诗创造》第一卷五期,1947年12月。《诗第一册》有改动:原第一行在"割断自己"之前分行,第四行在"陷落下去"前分行,第十三行"队伍"之前有"学生"。第十六行"严重"为"沉重"。
收录《唐祈诗选》时注明作于:1947年5月写于重庆观音岩。略有改动:原"一种严重的"改为"蜡黄色的","凸突"改为"鼓突","许多人没有住处"后加"在路灯下蜷伏,/像堆霉烂的黑蘑菇。""一堆土"改为"一抔土"。

喘息;成群地
饥饿拧结成的学生队伍
从早晨起游行……

远方士兵流行着
一种严重的
怀乡病!

苍黄瘦削却凸突着的
孕妇,在昏黑的夜街中心
收拾着血婴,污秽的
哭嚎,阴沟十分寒冷。

一群群警察深夜巡行;
敲开每一扇门。

一切名字的枪,向自己的兄弟:
瞄准。

四方绝望的
叹息,像风雨
震撼全城市的屋脊。

所有熟悉的街坊
和故乡——
碉堡与碉堡张望;

吐着猛恶的炮火网。

许多人们没有住处;

死亡的人不闭目,
烈日下面期待
一堆土。

如果撒旦知道
这个国度阴森恐怖的
面目,他将乘着黑夜的飞机来,
来向你亲人般祝福,
而我将因愤怒呵;
失声痛哭……

我竟是诗人,历史学者,预言家,
最末的时辰终归来到,
我还有着更大失声的
欢呼,大笑!

当另一支军队
踏着六尺的阔步开到。

1947

雪①

静止了,可怕的
乡村夜晚大得荒凉,
雪渐渐厚了,厚了,
风很重。
只有大江暗郁地流去。

原野多空洞穷苦的状况;
没有一盏灯,在雪上,
在冻坏了的树林的地方,
反射出一点暗红闪光。

人们怎样在忍耐
寒冷,在平静的白色下面,
有了囚徒般坚硬的窒息,

---

① 收录《唐祈诗选》时注明作于:1947 年 2 月写于重庆盘溪。略有改动,改动
处为:
"乡村,夜深沉得荒凉,"
"只有大江阴郁地流去。"
"原野多空旷"。

有了死亡的和平。

灰雾混合着雪,
在天空迁移
在最厚最厚的地面上:
在酷烈的峭风中;
大江不断它愤怒的流窜,
而且歌着叛徒的命运……

1939,1947 年改

黄 昏

——给一个女演员

很好,这时还没有起雾,
草坪上我陪她散步:
二期肺病的少女,挟一本书,
异样多的对夕阳的感触。

坐下吧,空气是好的;
树林子里快黑了,比外面
暗得早,像她长发忧郁的头脑,
她问我:谁骑马走进去了?

讲着故事,我指向天的另一半边;
微笑的阴影后面,黄昏慢慢伸沿,
树林,云,倦鸟似的炊烟渐渐模糊
又清楚,像她透视过的 X 胶片。

1947

雨 中[1]

街上来往的
每一张灰暗的脸,
像雨中的天空般阴沉。

都仿佛向我
试探一个
严肃的质问。

我没有报告
战争的
电讯,远方广播出的消息。

我知道:
这些脸色都埋藏着
一个巨大的焦急。

他们也是最冰冷的

---

[1] 初刊于《大公报·文艺》副刊,1948年7月14日。

炸弹
在准备……

雨呵
苦苦的
是他们期待的眼泪。

1947

声 音

每秒钟有我穿过空气的
速度,如早晨云雀的歌吟,
鸽的铃,向你的声音追逐;
在另一个蓝色的天堂下:
虽然你不曾隐约听见,
我也从没有向谁说出。

呵,经验却多么沉痛,谁在我们
前面,吹一只生命的号筒,
通过管状的金属物,像风:
辽远的处所布置一次重逢;
像钟:欣欣然颤说着,
向我们呼唤:向一个梦走去。

我学孩子在海边拾一块
玻璃,它是片美丽的导声器;
声音越过暗红的光线,
生的庄严,死亡最后的火焰
忽然烧在一起,像问你我

自己:什么时候降生下来,
何时悄悄走入墓地。

1947

雾[①]

（一）

灰白的雾，
在夜间，走着
粗笨大白熊的脚步。

比云卑湿，龌龊，
走着走着，又蹲下来

[①] 初刊于《中国新诗》1948年第3辑，1948年8月。同组有《三弦琴》《女犯监狱》。收录《诗第一册》时略有改动，改动处原为：
"粗笨大白熊的脚步。"
"山峦、树木、通过的公路
能扯起一块无穷大的天幕，"
"只有污秽的老鼠在那儿"。
"夜提早了时间，施过催眠术的
在没有厚墙的白色牢房，"
"它使囚居在"
"吐着烟似的茕独，睁着眼
看噩梦的世界。"
收录《唐祈诗选》时注明作于：1947年6月写于重庆。改动方面"交通"改为"交叉""，"安详"改为"安谧"，"每一立方"改为"每一平方"，余与初刊同。

它没有重量的
庞大白色的臀部。

慢慢地,慢慢地
升上来——
又向更低的地方走去。

(二)

它遗忘了后面安祥的
山峦,树木,通过的公路
和栉比的茅屋,只有它
能扯起一块无比大的天幕,
蒙蔽了人们清醒的眼目,
使一切渐渐软弱,模糊
从它恶劣的鼻息里。

城市顿时变成灰沉沉,
像座没有厚度的贫民窟。
昏暗的街道上水分迷濛的
黄昏,要瘫痪在行人的近视眼里,
茫茫的雾气中没有了
空间,兀立着几个朦胧的轮廓。
码头上整日滞呆着的货物堆,
只有污秽的老鼠在那儿
卑鄙的灰色小动物啊……

渡船隔膜地叫唤；
夜提早了时间，施过催眠术的
江汉关大钟快昏睡了，
路灯却想着些辽远的事情，
有着过多身体自由的流浪儿被拘留
在没有厚墙的白色牢房，
屋顶与屋顶们渐渐消失
雾更大了，
只有它，和彼此认识。

(三)

它使囚居在
暗室里的记者，思想家，
学生们，扣着头脑叹口气，
手拿着发表不出的消息……

它窥伺一扇灯光的
窗户，纯洁少女失眠的呵欠
吐着烟似的苦独，睁着眼
看噩梦的世界。

它却小心地守护，
像一群派来的白种秘密人员，
团团围住最孤僻的一幢高屋，

那些阴谋家,战略家,军火商人,
利用和平作白色烟幕,
怎样在用人骨画着地图
每一立方自己的国土上,
支配多少新式的
却装配了死亡符号的血肉,
他们狞笑,假装着糊涂……

(四)

雾啊,扩大了,掩护了
拖在后面无期的淫雨
下落,人民再不用试探了;
灰色的和平下面黑暗的
一片战争的泥泞。

1946·重庆·1947 改

你 走 了[1]

你走了,我们四处打听,
用耳朵说话,一群焦灼的眼睛,
凡是你能去的朋友的处所
都询问,同样的惊悸,憎恨
跟我们跑出来,热闹的
街道,忽然害心病似的生疏,
行动的路人都是些可疑的布置,
灰空中电线的呜呜,巡警车密码般地
奔突,每次白天比阴暗的夜短促,
就在我们这随时被围住的小屋呵:
有了怎样的愤怒?!

你走了,在时间里延长,
而且延长了一个极端的意义;

---

[1] 收录《唐祈诗选》时改动有四处:
"街道,忽然害心病似的扭曲,
行动的路人都是些可疑的部署,"
"有了怎样的愤怒!"
"那些黑色眼睛窜来的"

像一块沉默的岩石，
怀藏火种去等待拷打，
那些黑色眼睛继续窜来的
阴影，指出了你
一次沉重的爆炸！

你终于要用死去证明
仇恨，已将世界截然两半的分开，

一个无耻下降的已在崩溃；
而长久在血的迫害里的
我们真理的火焰烧大了，
不断向现实上升，展开。

1947 年写于重庆
1948 年 10 月写定于上海

时间的焦虑[1]

这边的人们,都在惊愕;
饥饿、流徙、内心分割的苦痛,
为了生存,忍受死的灰暗的剥夺;
面向屋外每夜的雪风,
眼见绝望了的生活
正在扩大,挖深了黑暗中
一切空虚的丧事的沟壑。

千万人被武装着,命令他
残忍,走向空洞的战争,
真实的火车载他们一次次远行;
带着不祥的权力到各处,
布告出遵守杀戮的秩序与和平。
城市与城市,乡村与乡村,
交通着仇恨,隔离所有亲人!

---

[1] 初刊于《大公报·文艺副刊》(香港)。收录《唐祈诗选》时注明写作于:1948年11月,上海。略有改动:第一句删除逗号,第二句删除顿号,加"和"字,第九行"残忍"改为"残酷"。

庞大的乡村却在悲泣,
人群比牲畜更坏的命运,
荒原上老年人啼哭着;
不论村口,茅屋顶下,偏僻的
通路,饥饿与鞭打同行;
并且用出血的绳索,
捆绑住每一个想逃亡的脚跟。

神经紧张的城市是被围困的
荒岛,永远没有太阳的街道!
灰心的钢骨,水泥,建筑物,
虚伪的热闹在抖擞,动摇……
不安的夜中,行走着
人们,都是恐慌的鸟,
过份惊心的妇女,抱住婴孩
守候火灾,他们懂得预兆,
那不可抗拒的事物
注定了未来。

我无论走到哪里:
无论碰到男人,
妇女,和无知的小孩,
都在阴影里站起,睡下,跌倒,
再没有自信和忍耐:
战争,凶年,不测的祸灾。

时间的焦虑,正将他们
变成不顾一切崩塌的石块。

1947 年

游行日所见[①]

我们反对美国扶植日本,向世界控诉!

——学生口号

你们的心穿着最热情的制服
在跑,在没有行列的青春行列中号召
手握紧手,一群群救火员似的急躁。

你们行动的语言,有旗的庄严,
每一举手,都使人感到炙肉的火焰
炙烧人们,使人们感激无言。

从每双匆促的祝福的眼睛,
却仍然那么顽皮,固执,强烈的深心,
呵,我读出世界上我们民族更深的爱情。

在游行,游行!游行!
理智是圆规的脚,一个热情扩大的圆心,

[①] 初刊于《中国新诗》第 2 辑,1948 年 7 月。

拥抱住低气压里太多苦痛的市民。

多么可惊！暴风雨前的上海你们是电；
拜金狂的市区有你们最激动的雷声；
由你们,今天突然听到两个新来的敌人。

你们宣言:被扶植的黩武国家
并不惧怕,但是眼看自己麻痹症的
官僚主义者带着权力走下黑暗的下坡路
呵,你们应该,应该站起来,
就在街上——大声向全世界讲话:

抗战死者们无数白色的花,
是一只庄严的手,
他们不许我们民族巨人倒下。
亚洲海棠最复杂的这一块母亲土地,
太多人民在不惜血流换取最后的和平,
我们明了今天的战争是明日胜利的
保证,我们要起来
用手打碎任何一种阴谋
通过两个贪婪的日本。

在面前,无数饥饿中的人民,
从这个游行里看见了
多么复杂的悲痛,像割自己的肉
治疗一次不治的病。

而为你们的激情再唤起了
再唤起了
痛苦的希望中一个声音,亲近了
战争中日夜爆炸出火花的人民
如同一切反抗集中在这次游行里
凝结出人民更强大的爱情。

五月四日[1]

呵,年轻人都走进来
新的节日里清晨的民主广场
绿草上你们是第一首黎明乐章,
反抗乌云的最初的太阳!

虽然昨夜的罪恶还在薄雾里
隐藏,明天的阴影在未来还要延长,
在中国,从最高命令层层的恐惧下——
就因为你们看见深处的所在

小小的青春火焰已点燃一场火灾,
腐败的现实只有使他们永久没入黑暗的
洞穴,人民再不会忍耐寒冷的风雪,
而将胜利早早播撒到每一个五月。

举起手的你们都是见证:

---

[1] 初刊于《中国新诗》第2辑,1948年7月。收录《唐祈诗选》时略有改动,改动处原为:"小小青春火焰已点燃一场火灾,"。

这个节日后面有了最庄严的斗争。

1948年5月4日写于上海

时间与旗[1]

1

你听见钟声吗?

光线中震荡的,黑暗中震荡的,时常萦回在

这个空间前前后后

它把白日带走,黑夜带走,不是形象的

虚构,看、一片薄光中

日和夜在交替,耸立在上海市中心的高岗

资本社会[2]的光阴,撒下来,

撒下一把针尖投向人们的海,

生活以外谁支配[3]每一座

屋与屋,窗口与窗口

精神世界最深的沉思像只哀愁的手。

---

[1] 初刊于《中国新诗》第 1 辑,1948 年 6 月。收录《唐祈诗选》时有多处改动,具体改动见当页标注。
[2] 收录《唐祈诗选》改为:"半封建半殖民地社会"。
[3] 收录《唐祈诗选》改为:"支配着"。

人们忍受过多的现实,
有时并不能立刻想出意义。
冷风中一个个吹去的
希望,花朵般灿烂地枯萎,纸片般地
扯碎又被吹回来的那常是
时间,回应着那声钟①的遗忘,
过去的时间留在这里,这里
不完全是过去,现在也在内膨胀,
又常是将来,包容了一切
无论欢乐与分裂,阴谋和求援②
可卑③的政权,无数个良心却正在受它的宣判,

眼睛和心④深处的希望,却不断
交织在生活内外,我们忍耐
像水星鱼⑤的繁殖,鸟的潜伏,
许多次失败,走过清晨的市街,
人群中才发现自己的存在。
也知道罪恶早早埋伏在那里,⑥
像从日蚀的时辰中回来,⑦

① 收录《唐祈诗选》改为:"钟声"。
② 收录《唐祈诗选》改为:"阴谋与求援"。
③ 收录《唐祈诗选》改为:"卑鄙"。此行分段。
④ 收录《唐祈诗选》改为:"心灵"。
⑤ 收录《唐祈诗选》改为:"星鱼"。
⑥ 收录《唐祈诗选》此行删除。
⑦ 收录《唐祈诗选》此行删除。

太阳并没有被谁夺去,

却是一个冷酷无助的世界。①

无穷的忍耐是火,在阴影的

角落,在空屋中,在严霜的后面

饥渴的经验告诉过太多的你我

而取火的人在黑暗中已经走来,②

他辩证地组织一切光与热的③

新世界,无数新的事态

曾经在每个不同④的火苗上

试验燃烧,大的火,强烈的火,⑤

就要从闪光的河那边过来。⑥

近五月的初梢日,石榴那般充溢的

---

① 收录《唐祈诗选》改为:"这是一个多么冷酷,充满罪恶的世界,/人们仿佛从日蚀的时辰中回来"。
② 收录《唐祈诗选》这句以上四行"角落,"之后改为"在那工厂的层层铁丝网后面,
在提篮桥监狱阴暗的铁窗边,
在覆盖着严霜的贫民窟,
在押送农民当壮丁的乌篷船里面,
在贩卖少女的荞头店竹椅旁,
在苏州河边饿死者无光的瞳孔里,
在街头任何一个阴影笼罩的角落,
饥饿、反抗的怒火烤炙着太多的你和我,
人们在冰块与火焰中沉默地等待,
啊,取火的人在黑暗中已经走来……"
③ 收录《唐祈诗选》此行前插入:"(就像地火在岩层中运行
取火者早已在地下引着人们前进。"
④ 收录《唐祈诗选》改为:"窜出地层"。
⑤ 收录《唐祈诗选》改为:"燃烧,红色的火焰,强烈的火焰,"
⑥ 收录《唐祈诗选》改为:"火啊,就要从闪光的河那边烧过来。)"

火红色,时间中就要裂开,
　　然而不是现实中的现在。①

2

　　寒意中②的南方四月
中旬日,我走近一个内在黑暗的下关,③
淡黄金色落日的上海高岗,
依然是殖民地界的梧桐叶掌下
犹太哈同花园的近旁,
　　我的话,萦回在无数个人的
脑际,惊动那些公园中
垂垂的花球,将要来的消沉,已经是累累的
苦闷,不被允许公开发问——
我只能纯洁④由衷地指着
时间,资本主义者⑤的空虚的光阴
在寸寸转移,颤栗,预感着⑥必然的消失

---

① 收录《唐祈诗选》以上三行改为:"一九四八年的上海,这个庞大的都市的魔怪,
虽然还在黑夜中,我们已看见
黎明之前的龙华郊外
鲜血染红了的瓣瓣桃花,
将在火似的朝霞中
迎着人民的旗帜灿烂绽开。"
② 收录《唐祈诗选》删除"中"。
③ 收录《唐祈诗选》删除"一个内在黑暗的下关",接下行。
④ 收录《唐祈诗选》删除"纯洁"。
⑤ 收录《唐祈诗选》改为"资产阶级的"。
⑥ 收录《唐祈诗选》"着"改为"到",且句末为句号。

在这里,一切滚过的车
和轮轴,找不出它抛物线的轨迹,①
许多扇火车窗外,有了
田野中的青稞,稻,但没有麦啄鸟,②
农人躲避成熟的青色
和它的烦扰,心里隐隐的恐惧,
像天空暗算的密雨,丰饶的
季节中③,更多人饥饿了⋯

近一点,远一点,还看得
见④,歪曲了颈的泥屋脊的
烟突,黄昏里没有一袅烟
快乐的象征,从茅草的破隙间
被风吹回来,陶缶⑤里缺乏白盐,
眼睛是两小块冰,被盆状的忧郁的
脸盛着,从有霜的冬至日开始——
一些枯渴无叶的树木下
可怜的死,顷刻间就要将它们溶化。
颤栗的秋天中⑥,风讲着话:
究竟是谁的土?谁的田地?
佃农们太熟习⑦绿色的

---

① 收录《唐祈诗选》句末为句号。
② 收录《唐祈诗选》:"麦啄鸟"改为"啄麦鸟"。
③ 收录《唐祈诗选》移入上行。
④ "见"移入上行。
⑤ 收录《唐祈诗选》"陶缶"改为"陶罐"
⑥ 收录《唐祈诗选》"中"改为"里"。
⑦ 收录《唐祈诗选》"熟习"改为"熟悉"。

回忆;装进年岁中黑暗的茅屋,他却要走了
为了永久永久①不减的担负,
满足长期战争的
政府,隔离农人被用于一支老弯了的②
封建尺度,劳动在田埂的私有上③
适应各种形式的地主,他们被驱遣
走近有城门的县城外,
在各自的惧怕中苦苦期待,
静静的土呵④,并不空旷的地,
农人⑤输出高粱那般红熟的血液
流进去,流进去。他们青蒜似地习惯
一切生命变成烂泥,长久的
奉献,就是那极贫弱的肉体。
　……战栗的秋天啊
妇女们的纺织机杼,手摇⑥在十月的
秋夜,蟋蟀荒凉的歌声里
停止了,日和夜在一片薄光中
互相背离,痛心的诉说是窗户前不完⑦的
哭泣,饥困中的孩子群
不敢走近地主们的

---

① 收录《唐祈诗选》将"永久永久"删改为"永久"。
② 收录《唐祈诗选》"政府"移入上行,且后句改为:"农民被当作一支老弯了的"。
③ 收录《唐祈诗选》"田埂的私有上"改为"私有的田埂上"。
④ 收录《唐祈诗选》"土呵"改为"土啊"。
⑤ 收录《唐祈诗选》"农人"改为"农民"。
⑥ 收录《唐祈诗选》"手摇"改为"摇响"。
⑦ 收录《唐祈诗选》"不完"改为"不断"。

花园,或去城里作一次冒险,
他们在太多的白杨和坟中间
坐下,坐在洋芋田里,像一把犁,
一只小犊牛,①全然不知道的
命运,封建奴隶们的技术②,
从过去的时间久久遗留在这里,
在冰的火焰中,在年岁暗淡的白日光中③
又被雪的时间④埋合在一起。

3

为了要通过必须到达的
那里,我们将走向迂曲⑤的路,
所有的终极,都该从一个⑥
起点分叉,离开原来的这里,各自的⑦
坚定中决不逃避,无数条水都深沉流向一片
海底,⑧所有的路⑨只寻找它们既定的目的,
各种人民路线为了觅取,试探于
一个斗争,我们将获致现实最深的惊喜。⑩

---

① 收录《唐祈诗选》改为"小牛犊"。
② 收录《唐祈诗选》改为"耕作技术"。
③ 收录《唐祈诗选》改为"在冰块和火焰中,在岁暮黯淡的白光中"。
④ 收录《唐祈诗选》改为"又被静静的白雪"。
⑤ 收录《唐祈诗选》改为"迂回"。
⑥ 收录《唐祈诗选》改为"一个终极,都该从所有的"。
⑦ 收录《唐祈诗选》"各自的"移入下行。
⑧ 收录《唐祈诗选》"无数条水都深沉地流向一片海底。"单为一行。
⑨ 收录《唐祈诗选》"所有的路"改为"所有的道路"。
⑩ 收录《唐祈诗选》改为"人民的路线和斗争为了探求
真理,我们将在现实中获得最深的惊喜"。

4

冷清的下旬日,我走近
淡黄金色落日的上海高岗,一个①眩眼的
资本家和机器占有的地方,
墨晶玉似的大理石,磨光的火岩石②的建筑物
下面,成群的苦力手推着载重车,
男人和妇女们交叉的低音与次高音
被消失于无尘的喧扰,从不惊慌地紧张,
使你惊讶于那群纷杳过街的黑羚羊!
我走下月台,经过宽路③时忘记了
施高塔路附近英国教堂的夜晚
最有说教能力的古式灯光,
一个月亮和 Neon Light④ 混合着的
虚华下面,白昼的天空不见了,
高速度的电车匆忙地奔驰
到底,虚伪的浮夸使人们集中注意
财产与名誉,墓园中发光的
名字,红罂粟似的丰彩⑤,多姿的
花根被深植于通阴沟的下水道

---

① 收录《唐祈诗选》改为"一片"。
② 收录《唐祈诗选》改为"岩石"。
③ 收录《唐祈诗选》改为"宽马路"。
④ 收录《唐祈诗选》改为"霓虹灯"。
⑤ 收录《唐祈诗选》改为"色彩"。

伸出黑色的手,运动、支持、通过上层
种种关系,挥霍着一切贪污的政治,
从无线电空虚的颤悸,从最高的
建筑物传达到灰暗的墙基下,
奔忙的人们紧握着最稀薄的
冷淡,如一片片透明纸在冷风中
眼见一条污秽的苏州河流过心里。

孩子们并不惊异,最新的
灰色兵舰桅线①上,躲闪着的星条旗
庞大地泊在港口,却机警眺望②,
像眺望非洲有色的殖民地,
太平洋基地上备战的欲念,
网似的一根线伸向这里……

走回那座花园吧:
人们喜爱异邦情调的
花簇,妇女们鲜丽的衣服和
容貌,手臂上的每个绅士的倨傲,
他们有过太多黑暗的昨夜,
映着星期日的阳光,
水池的闪光,一只鸟
飞过去,树丛中沉思的霎那;

---

① 收录《唐祈诗选》改为"桅杆"。
② 收录《唐祈诗选》改为"地眺望着"。

花园门口拥挤的霎那；
降色洋房的窗口细铁柱上的①霎那；
中午的阳光那样熠耀，
灿亮,没有理解和②一切幻象，
消失你所有应该的③思想。

而无数的病者,却昏睡在
火车站近旁,大街上没有被收容的
异乡口音,饱受畸形的苦痛,
迫害,生命不是生命,
灵魂与灵魂静止,黄昏的
长排灯柱下面,无穷的启示
和麇集在这里的暗淡,缺乏援助,申诉：
日日夜夜
在"死的栅栏"后面被阴影掩护。
这些都使我们激怒成无数
炸弹的冷酷,是沉寂的火药
弹指间就要向他们采取报复。

连同那座花园近旁；
交通区以外的草坪，
各种音乐的房屋、楼台与窗，
犹太人、英国人和武装的

---

① 收录《唐祈诗选》改为"黑猫跳出的"。
② 收录《唐祈诗选》改为"理性的"。
③ 收录《唐祈诗选》改为"消灭你所有的"。

美军部队,水兵,巡行着
他们殖民地上的故乡。
International Church① 的圣歌
那样荡漾,洗涤他们的罪,
却如一个无光的浴室藏满了污秽。
宝石②和花的贵妇人,和变种的
狗,幻象似地在欲念中行走,
时间并没有使它们学习宽恕,
遗忘,通过一切谎语③,贪婪的手仍握着
最后的金钥匙,依然开放和锁闭
一切财产和建筑物,流通着
他们最准确的金币,精致的商品
货物,充斥在白痴似的殖民地上,
江海关的大钟的摆,
从剥夺和阴谋的两极间
计算每一秒钟的财富,
在最末的时辰装回到遥远,
属于自己的国度,也看清了
一次将要来的彻底结束——
财富不是财富,
占有不能长久,
武装却不能在殖民地上保护④,

---

① 收录《唐祈诗选》改为"国际教堂"。
② 收录《唐祈诗选》改为"佩戴宝石"。
③ 收录《唐祈诗选》改为"谎言"。
④ 收录《唐祈诗选》改为"得到保护"。

沉默的人民都饱和了愤怒,
少数人的契约是最可耻的历史,
我们第一个新的时间就将命令:
他们与他们间最简单短促的死。

5

通过时间,通过鸟类洞察的
眼,(它看见了平凡人民伟大的预言——)
黑暗中最易发现对立着的光,
最接近的接近像忽然转到一个陌生地方,
匆促的喊声里有风和火,
最少的话包藏着无穷力量,
愈向下愈见广大,山峦外
无数山峦有了火烧的村庄,
村庄围烧着地主的县和乡,县城孤立了
一个个都市,迄至资本社会①最后的上海高岗
每次黑夜会看见火焰,延续到
明日红铜色的太阳。

6

看哪,战争的风:
暴风的过程日渐短促可惊,

---

① 收录《唐祈诗选》改为"直到这个黑暗社会"。

它吹醒了严冬伸手的树,冲突在泥土里的
种子,无数暴乱①中的人民
觉醒的霎那就要投向斗争。
我们经过它
将欢笑,从未欢笑的张开②嘴唇了
那是风,几千年的残酷,暴戾,专制,
裂开于一次决定的时间中,
全部土地将改变,流血的闪出最强火焰
辉照着光荣的生和死。

7

斗争将高于③一切意义,
未来发展于这个巨大④过程里,残酷的
却又是仁慈的时间,完成于一面
人民底旗——

8

通过风,将使人们日渐看见新的
土地;花朵的美丽,鸟的欢叫:
一个人类的黎明。

---

① 收录《唐祈诗选》改为"种籽,无数暴风"。
② 收录《唐祈诗选》改为"也张开"。
③ 收录《唐祈诗选》改为"改变"。
④ 收录《唐祈诗选》改为"巨大的"。

从劳动的征服中,战争的警觉中握住了的
时间,①人们虽还有着苦痛,
而狂欢节的风,
要来的快乐日子它就会吹来。

过去的时间留在这里,这里
不完全是过去,现在也在内膨胀
又常是将来;包容了一致的
方向,一个巨大的历史形象完成于这面光辉的
人民底旗,炫耀的太阳光那样闪熠,
映照在我们空间前前后后
从这里到那里。

  1948年6月7日写于上海,《中国新诗》创刊前夕

---

① 收录《唐祈诗选》"时间,"移上行。

雪夜森林[1]

风
沿着森林的边沿
　巡行
　静静的驿路上咆哮起来
　撼拔着我的小泥屋
没有意外吧;起身去看
三里以外我的乳母

恐怖的白森林呀
一条条丧布飞舞
我的红鬃马疾驰前去
　抵抗着风的呼呼
　什么时辰了,乳母?

严寒占领着的
　森林上面
天空结冰了吧

---

[1] 初刊于《诗创造》第一卷十二期 1948年6月。

冻死了
　一切温和发光的星
　　附近的人民呵
　怎能长久在
寒冷里睡眠？

乳母呵，我却看见
你微笑，催我向前
　这深深雪夜的
一只知更鸟
将报告人民以太阳的时间

三 弦 琴[①]

我是盲者的呼唤,引领他
走向最暗的夜如一个辽远无光的
村落,微笑似的月光下没有一切支离残破,
我只寻找那些属于不幸的奇幻的处所。

市街静静消失了白日的丑恶,
路上的石头听我的歌音竖起它绊脚的
耳朵,门扇后面的妇女来谛听
命运,将来是一枚握得住的无花果吗

在哪里坠落?或者幸福如一束灿烂的花朵。
但亡命的夜行人只能给我冷冷的一瞥,
他不能向我诉说什么,只从我这里
汲取些远了的故乡的音乐。忽现的

[①] 初刊于《中国新诗》第 3 辑 1948 年 8 月。收录《唐祈诗选》时略有改动,所注写作时间疑有误,改动处为:
"我发出的是盲者的呼唤,"
"市街消失了白日的丑恶,"

死亡隐退了,未知的疑虑,灾祸,
在三根发亮的弦上是一片旷野。
从他内心的黑暗听自我深长的喉管
震颤着祝福像一个人讲着饱经的忧患。

1948 年 10 月,上海

风　暴[1]

我看见了人群走进
夏季郁热的风暴
像旱灾的荒原向天空祷告
压制过久的感情要听见
树木的喊叫,像我们喊叫
粗大的叶掌伸出来
我们久想伸出的拥抱

呵,我愿看见风暴
在太阳忽然的黑暗中来到
苦闷的、虔诚的、却又是无声的
我的姊妹们,我的兄弟,
让我们痛痛快快地拥抱一次吧
瞧,乌云密合处的隙间,
紫红的电光那样惊觉地
像一个狩猎神,
闪闪逡巡待解放的土地,

---

[1] 初刊于香港《大公报·文艺副刊》1948年9月15日。

听呵,霹雳雷电怎样带着火,
轰轰隆隆大笑而过。

旷野的中心
历史的宁静,片刻间
扩大了,人们内心的黑暗丰富了
树木的美、苦痛、热情,
祷告(像一群圣徒们在寻找)
呵,奇迹似的创造者啊,

我知道有一个我们要遇见的
风暴近了。

1948 年 8 月　台北

蓝伽夜歌①

谁会想到在这里过夜?
暗红月光的树林间印度奇幻的
旷野,一首永不能用文字构成的诗呵,
风向我们吹,向我们吹——

城市的中心远了,静夜想起
古堡下面那么多沉郁的印度人
像一群蛇,一个雨季,一座有火的森林,
低沉的思想,是圣甘地祈祷的眼睛。

这儿背枪的男人像病了,被统治过久的
热带妇女懂得最深的忍受,全身跪在恒河边
夜里在田野间守候,瘟牛一样的
静默,等到月亮圆圆的上升

印度舞曲激动却又低沉的

---

① 初刊于《中国新诗》第 5 辑 1948 年 10 月。收《唐祈诗选》时改动处为:
"谁会料想在这里过夜?"
"印度舞曲激动的却又低沉的"。

乐音,在风里吹过来

吹过来,红色血液似的溶解了。

一个古民族在奴隶的抵抗中回旋起来。

1948 年 11 月

郊外一座黑屋[①]

那座黑屋是个幻象,
还仿佛立在清晨的光里,
下午匆匆的视线中便孤吊地消失。

偶然你从郊外过的车厢里
瞥见它——有时像一棵树影,或一块灰暗的
岩石,时间在空地上耐心地腐蚀

某天下午七点钟有风没有雾,
我在秋天的世界里才看见
里面走出来一个老了的"疯妇"。

[①] 初刊于《中国新诗》第 5 辑,1948 年 10 月。收《唐祈诗选》时改动处为:
"仿佛立在清晨的光里,"
"瞥见它——有时像一棵树影,或一块灰暗的
岩石,时间在大地上耐心地腐蚀"。
"她老吗?也许是,看见她
谁都会想到乡村的门板后面,
无数壮丁带走了死亡的签。"
"当里面的她们被战争夺去了
所有的一切,当她最后一次颠颠倒倒地走出。"

她很老吗？也许是,看见她
谁都会听到乡村的门板后面,
无数的壮丁带走了死亡的签。

她上吊离不开土地,离开的却是她依靠的
丈夫和年青的儿子,她同这座黑屋
疯了,狂了,就要离开这块悲哀的土

呵,是怎样被人遗忘了的黑屋,
当里面的她们被战争的手夺空了
所有,当她最后一次颠颠倒倒地走出。

1948 年 12 月,上海

在墓园中[1]

这里从各方走来了世界的
旅客。上帝最后剩给一块沉默的
石头,问还有什么新鲜追求?
连一声回答的气力都没有。

是这样无赖,那些艳丽的花
装饰着白色的"死亡大厦",
完成每个人真正哀诉的自私,
沉睡了各样时间的历史。

引起我惊心的是孩子的
夭折,谁给披上寒冷风雪的毯子,
母亲们的小太阳竟这般苍白。

呵,我只爱那些白杨树,
只有它们悄悄对风讲话;
而且越讲声音越大……

---

[1] 初刊于《中国新诗》第5辑,1948年10月。

第二辑 (1950—1960)

献给埃及的诗(三首)

寄到埃及的战壕里①

埃及的兵士在战壕里
　迎击了第一批侵略者
　　血腥的进攻。

森林的黎明五点钟,从战壕里
英勇的埃及弟兄
　为了神圣的自卫
　　正向敌人射击
发起了冲锋。

听见了吗?埃及兵士,我的弟兄!
全世界的人民
　将铅一样重的愤怒
　　砸在敌人的坦克上

---

① 初刊于《人民文学》1956年12月号。

握紧呵,伸向战壕里的
我们亚洲人的支援的手!

苏伊士运河的波浪

苏伊士运河的波浪,
　　蓝色的波浪,
呵,我的感情像你们一样
　　在奔腾,在歌唱,
全世界注视着你们,
　　像一个庄严的思想。

呵,你们蓝色的水波,
多么像埃及人哀伤的眼泪;
多么像一支被压迫民族的歌;
多么像修筑运河的十二万个
　　手臂上蓝色的脉搏呀!
他们的血在流,他们的血在流——
　　在阿拉伯的月光下
　　　在椰树林的晨曦里
痛苦地流过,默默地流过,
呵,埃及人的蓝色的水波呀!

人们听着纳赛尔的命令
在埃及升起的曙光中

把你们领回来了！
　　　　领回来了！
你们第一次看见
埃及领航员钻石一样的眼睛
　那样深情的注视；
埃及母亲们用面纱擦着泪滴
　从心里叫唤叫唤你们……
呵,蓝色的波浪
你们正在奔流,正在歌唱,
记住呵,苏伊士运河的波浪,
你们是埃及的武器,

假如强盗的军舰开到这里
呵,蓝色的波浪
　我的感情像你们一样
要把强盗们,每一个
　每一个吞没到底！

开　罗

——新华社报导,开罗电台被英法轰
　　炸机滥施轰炸,三天没有电台消息。

开罗的电台突然寂静,
　全世界失掉了它的声音,
深夜每扇打开的窗户,
　都像凝视着埃及的眼睛。

呵,开罗天蓝色的电波断了,
　我们听不到它的喊声。
但这座铁一样镇静的城,
　却是世界上和平的最强音。

水库三章[1]

运输线上

暴雨冲刷着山谷
悬崖倾泻着千条瀑布
夜色把山染得墨黑
大树披散了头发
在巉岩上迎着狂风旋舞

凶险的山峰起伏
山顶上的公路
蛇一样蜿蜒盘曲
在雷电的闪击下
那一座座悬崖的缺口
像通向天空的道路
奔驰而来的
运输纵队的车灯

---

[1] 初刊于《诗刊》1957年4月号。

像无数柄宝剑

劈开了山

惊醒了大树

卡车在狂风暴雨中奔驰

载着成吨的钢材、闸板……奔向水库

车窗里的英雄司机们

握着坚定的方向盘

他们威严的视线

群山不能阻拦

在前进的亮光中

他们好像在追逐着暴雨雷霆

把群山轻轻扔在黑暗后面

青年突击队员

向着那高耸的峰顶，

黎明时分，他将从悬崖上攀登

去凿开冰雪覆盖的岩层，

让古老的森林从沉睡中惊醒。

他挎上装满炸药的背囊，

伙伴们把他腰间的皮绳拴紧。

沿着陡峭的河岸下面——

一步步朝着崖壁上升。

他站在云彩飘飞的峰顶,
像一只拨开晨雾的山鹰。
暴风和岩石撕破了他的衣裳,
好像在空中展开飞翔的翅膀。

猛然间山顶冒出暗蓝的硝烟,
轰隆的山峰爆炸着烈焰。
滚滚的浓烟中升起伙伴们的欢呼,
火花像一阵骤雨向山脚飞溅。

一片曙光中人们攀向山巅,
庞大的山峰将被集体的巨手削平。
呵,这只勇敢的山鹰,
又将出现在另一座崇高的峰顶!

水库夜景

夜半的水库工地,
恍如一片神奇的梦境。
宝石般璀璨的灯光,
像一阵黎明的雨
洒落在墨绿的河面上。

老鹰山升起夜雾,
黑色的倒影一片朦胧。

而那座高耸的连拱坝,
在四面群山的仰望中,
满身披挂着闪亮的盔甲,
像个威风凛凛的英雄,
矗立在水中巍然不动。

运输斗车在山腰间穿行,
像夜空的一串流星。
山顶上闪耀出电焊的光焰;
彩色缤纷的长虹悄然出现。
瀑布般倾泻的钢铁轰鸣,
卷起一阵劳动的欢呼声,
采石场上骤然间巨炮轰隆而来,
地心也被轻轻摇撼。

那边,一群夜班工人,
在山梁上列队前进。
从一片辉煌的夜色中,
他们最先走进黎明。
那道闪光的水库长桥上,
夜夜留下这样的脚印……

1955 年 3 月写于梅山水库
1955 年 10 月北京整理

三月的夜晚[1]

三月的洁净的白雪,
像一片明亮的玻璃闪烁在西郊
夜晚,在绿树环绕的河边,
你守在学校的一座窗口。
淡青色的灯光下
静静地翻开书页,
啊!节日的欢乐
却像火焰一样在心中燃烧……

呵!你听到黎明升起的声音,
在耳边音乐似的回响。
欢乐的三八节呵!
全世界的妇女们,
在今天
都走向广场和光明的街道,
展开白鸽一样纯洁的心灵,
举起森林似的臂膀,
在阳光和鲜花中歌唱……

---

[1] 初刊于1957年3月8日《教师报》,另一首为《苏联专家阿芙朵霞》。

苏联专家阿芙朵霞

宁静融化了洁白的课堂,
窗口射进一片早晨的阳光;
阿芙朵霞站在讲台上,
每双黑色的眼睛都朝她热情地凝望。
泉水一般清亮的语音呵,
窗外那棵枫树也仿佛在谛听
她这个引路者呵,
指引着青年向科学的高峰上攀登。

她那蔚蓝的眼睛呵,
像黑海深情的波浪。
她却从小生长在西伯利亚的森林,
列宁巨大的手臂抚育过她。
这个年轻的女共产党员,
光辉的植物学家呵——
自己就像一棵坚强的白桦,
在苏维埃国土上长大。

现在,她站在这间课堂里,

在黑板前挥动着热情的臂膀；
她仿佛看到一座未来的森林，
生长在中国的山峦和大地上……

北大荒短笛(组诗)[1]

诗,应当揭示隐藏在人的心灵深处真挚的感情。它需要的是诚实、热爱和诗意。

诗,这是社会在感情上凝结起来的珍贵的水泥。

——摘自一九五七年笔记

黎 明

黎明,我们将乘火车到达
死寂的囚车里锁住了喧哗
只有车轮声惶恐不安地响着喀嚓喀嚓……
从暗夜的玻璃窗上一瞥
旷野仿佛飘落着黑色的雪花[2]

---

[1] 《北大荒短笛》初刊于《安徽文学》1980年8期时,只发表了《黎明》《土地》《水鸟》《心灵的歌曲》《爱情》《短笛》,《坟场》《旷野》《小湖岗的雨夜》见《八叶集》。
《八叶集》,三联书店(香港分店),1984年11月刊本。其中收录了唐祈的《北大荒短笛》《北京抒情诗及其他》《西北十四行诗组》《敦煌组诗》。

[2] 东北严冬落大雪的夜晚,刮起北风卷雪的"烟儿炮",把夜色和雪搅得黑白难辨。火车在雪夜疾驶,玻璃窗外大朵的雪花飞落,一片白色,黑暗的夜色反成了星星点点,乍一看疑为黑色的雪花了,真是别处少见的景象。(原注)

茫茫的雪原上
白雪被践踏成一线泥泞
留下一长串的脚印
寂静、空旷、寒冷

无数颗心
纵然构成一座座冤狱
痛苦很深、很深呵
却没有叹息、呻吟

等待着这些人的命运是
原始森林中的苦役
斧锯将锯断生命的年轮
土地上无尽的耕耘呵
犁头会碾碎发亮的青春

黎明的青色的光
洁白的雪
将为这些人作证
虽然痛苦很深、很深呵
却没有叹息、呻吟

一长串的人们
向荒无人烟的雪原行进

1958年2月写于北大荒

心灵的歌曲

在我心灵的深处
听见砰然一声
不,不是黑亮的左轮
是那支"极左"的无形的手枪
轰碎了我和别人的理想
一粒粒黑色的子弹
射断了多少强劲的翅膀

那支枪,它的威力
扩散到了四面八方
它是真实的,能杀死思想
天空云层厚了,鸟儿像在日蚀中
悄声在树林中隐藏
玫瑰、玉兰将枯萎,百花不再开放
花园里也听不见歌声回响

但在心灵的深处,仍然悸动着
美妙的乐章,闪烁着真理的亮光
尽管黑暗的长廊里,风在游荡
在我的灵魂里
依旧听见人民的脚步声
在广场上奔走
为了人类理想的明天而歌唱

呵,严冬的寒潮不会长久
祖国的大地、城镇、村落、河流
凡是有人生活的地方
总会泛溢出明亮温暖的春光

1958年3月,北大荒

土　地

呵,土地
北大荒无边的黑土上
在中午的太阳下,没有声息

也许只要用无邪的手指
轻柔地搔一下你袒露的肌肤
你就会快乐地颤栗

有时劲风来梳一回你小麦的长发
你发出欢悦的笑声,像大海的波涛
远到无涯无际

呵,土地,你是母亲
你宽阔的胸怀总给人以希望、慰藉
给人类捧出粮食、浆果、金黄的麦粒……

呵,即使流放在祖国的土地上

我也愿以无罪的血滴
化成你春天溶溶的浆液

1958 年 7 月写于北大荒

水　鸟

水鸟从湖面起飞
带着自由的愿望
为了作愉快的旅行而飞翔

它的头向前伸
洁白的翅膀抖落霞光
在云彩中消失了飞掠的形象

呵,水鸟知道我在这里凝望
我脚下的草场、柞树林、哨岗
这绿色的监狱呵,禁锢着人的思想

思想,难道是监禁得住的吗?
如今希望并不全写在水上
灰暗的云层终究挡不住太阳

1958 年 8 月写与北大荒

爱　情

——位男歌唱家的回信

从你的信札看得出来
你没有遗忘我这个荒原的世界
对一个"罪人"这样深情的爱
每个字都像夏夜星星的眼睛
即使为了忧伤悄悄闭合起来
也在无声地撒落下温柔的关怀

你的美妙的女高音也喑哑了
却在我被禁止出声的歌喉中溢出悲哀
但是我怎能解脱人生的不幸如一蓬苦艾
我的政治生命中这场悲剧性的灾害
我只能向你证明：感情越是痛苦和强烈
我俩的爱情就越发坚贞如一块不变的磁铁

1958 年，北大荒

短　笛

——一位青年画家的"检讨书"

你怎能想象得到
我用一柄废弃的草镰
七个夜晚磨成一把小刻刀

潮湿的地铺上我忘了这里是监牢
我把刨地拣来的树根
刻成跃动的麋鹿和飞鸟的木雕
麋鹿满载我对真理深深的信念
飞鸟快点驮我向母亲亲热地拥抱
就这样——我日夜在思想的原野上奔跑

你怎能想象得到
我用一个老犯人临死用过的竹棍
还是在那潮湿的地铺上
削成了一支短笛,虽然笛管很粗糙
我吹奏出黄土高原上的民谣
笛音像延河水波一样动听和美妙
我的嘴唇吹出了丝丝的鲜血
仍抑制不住我心中的希望如火焰般燃烧
我要像红小鬼时那样奔向你的怀抱
我的这些雕像、竹笛和刻刀
即使犯了天条,我一件也不上交

如果我像歌唱家那样无声地死去
请允许我以这首短诗作为我的检讨

1958年8月写于北大荒

旷　野

旷野的风息了
秋天的芦苇在湖边摇曳
像哀伤的琴弦
呼唤那梦中颤栗的绿叶

绿叶覆盖的浓荫下
黑夜凝视着你黑亮的双眼
望着异乡深秋的旷野
托一只大雁系来你的思念

思念像野火在我胸中燃烧
但愿我流放在旷野的心呵
能突然听到你倾心的话语
我多么需要你,才能忍受这痛苦的煎熬

1959 年,北大荒

小湖岗的雨夜

小湖岗淅淅沥沥的雨夜
树叶向湖面无声飘落
我多么需要你温柔的目光
来照亮我这幽暗的一角

我知道落叶会飘得很远
自由自在漂在湖面上死去
这柞树构成的绿色监狱呵
我的心只能像深夜灰暗的秋雨……

1959年,北大荒

坟　场

荒凉的月亮岗
一片乱坟场
风,悄悄吹过树梢
把哀思留下给白杨

赶车的姑娘
扯起皮大衣
蒙上忧伤的眼光
把辕马缓缓绕过道旁

割草的孩子
放轻了脚步声响
只有溪水静静流淌
它听过死者的歌唱

一个个木牌在土堆前默立

风雨留下一行墨水的泪渍
早霞拂去名字上的浓霜
太阳出来依然闪闪发光

呵呵,历史不会遗忘
他们头颅里燃烧理想
周身还都是火焰
却在黑土里埋葬

永不消逝的歌①

一

啊,消失了的地平线,
仿佛从逝去的岁月,
飞掠我的记忆的湖面,
一片淡蓝色的轻烟;
也像一缕失落的笛音,

从漂白了的日光里,
飘到我的耳边。

北大荒辽阔的
地平线啊,你——

---

① 《永不消逝的歌》初刊于《诗刊》1985年12月号。

有时隐藏在无边的麦海后面,
村砦,城堡,阴郁的岗楼
在朦胧的远山上升起。
冬天,你给银白的雪原划一道
黑线,托住冻僵了的天空。
当午夜的狂风吹起,
你变成了骚动和喧哗的海,
挟着雷电和草的波浪远远地
向我的小泥屋袭来,
像大海吞噬一块小卵石,
要把我在旷野掩埋。

在夏季的白夜,
西边天散发着白色的弧光,
在秋天的太阳下,
阳光像渐渐枯黄的树叶,
我都要站在荒凉的湖岗,
我的眼光投向
地平线,向你凝望——
像囚犯那样,
像草原上的病羊凝神默想,
吐出了我的渴望:
也许你是自由的象征,
你的胸脯上那么多水鸟飞翔,
它们让我忽然记起,
我曾经歌唱。

二

我的青春像柔韧的
乌拉草,将枯死在荒原上。
在疯狂的火焰中,
我从来没有回避,
黑色的政治风暴对准我
致命的诬陷和打击,
它想让我的鼻孔虽然在呼吸,
心却要躺在坟墓里。

但我相信:
未来的结论。
我和同伴们白雪上的脚印,
每个时辰都在证明,
这一群荒原上无罪的人,
头颅里燃烧着信念和理想,
周身都是炽热的火焰,
严冬的冰雪无法把它冻僵,
风的刀剑也不能把它砍光。
黎明中的地平线啊,
你看见一位老诗人,
在北大荒的旷野上哭泣,
他曾呼唤过太阳。
你将作证:
伙伴和我

是被奇异的风吹进罗网。

三

祖国的黑土地啊,
柔软得像油腻的黑毡:
我从手掌播出火种,
孕育着会爆开希望的籽粒,
向日葵的光轮,玉米的金黄……
我的血管里流着鲜红的血浆,
让它渗透进黑土,滋养着
地平线上第一缕霞光。

四

荒原上的地平线啊,
每天我站在湖岸旁,
守望着春意朦胧的黎明,
我的生命好像杨柳的飞絮织成,
然后加上许多沉重的名称,
向湖面飘流,
随着水波下沉。

今天,在通往湖水的
明亮的水沟里,
一对麝鼠,
自由自在地游泳,
跟在后面拨弄水花的,

不是你灰褐色的子女吗?
在水上飞掠而过的
白色水鸟,
难道不是你洁白的披肩吗?

啊,但愿我有一天,
听到你呼唤的声音,
骑上马跑到你的脚下,
从你眼睛深处的爱恋的目光,
告诉我:
世界已经完全变了样!

五

我走过南方的森林,
浓密的树叶间漏不下发亮的星,
却听见了欢腾的歌声。

我在大海上远航,
海平线烟波茫茫,
翻腾着自由的波浪。

我在西部的牧人的帐篷边,
他们指给我看新的地平线,
像沙漠上一道金黄的火焰。

但我心上的刻痕:

北大荒的旷野、柞树林、冰雪……
永不消失的地平线啊。

强健了的肌体,
不会忘记它刀刻的伤痕。

太阳的金色光焰中,
会留下阴影,虽然它正走向光明。

消失了的地平线啊,
我心中永不消逝的歌。

1960年2月初稿写于北大荒
1985年3月22日深夜修改定稿

第三辑 (1981—1989)

希 望[1]

1

在歌唱以前
我要从我的伟大的祖国
向地球上所有的人们呼唤
希望

2

时间的列车在黎明中闪光
太阳将从我们脚下升起
金色的瀑布向大地冲荡
巨轮正拔锚远航
像希望的活的躯体
延伸到辽阔的海洋

---

[1] 初刊于《飞天》1981年第4期。

风雪魔爪蹂躏过的土地
嫩绿的草芽在向石块顶撞
高高的白杨在空中喧响
把绿色的希望从树根
储满全身的汁浆
你听见吗？洁白的产房
婴儿第一声啼哭
就像歌一样
年轻的疲惫的母亲
从雨夜葡萄藤叶似的黑眼睛里
看见早晨第一缕阳光
大地将被春天轻轻唤醒
河上的冰块在砰轰击撞
岸旁丁香树丛发出一片芬芳
将驱散灵魂中的创伤
从空中穿过的
不是带来雨意的云彩
而是浓厚的希望，飘向四方
初春的蝴蝶在空中飞舞
金色的未来在希望中成长

3

我歌唱希望
向所有的人们伸出滚烫的手掌
把希望递到冒着工业黑烟的城市

传给忙碌耕作的村庄
给遥远的守卫着的崖岸
希望的火焰就燃烧在你的近傍

我要在我的诗行里
倾吐出我最单纯的思想
我的房子就是你的房子
我的食粮就是你的食粮
我的心呵原就是一切
受难者安静疗养的眠床
在这四面还有冰雪的时候
让我们把所有的时间和空间
都用来为地平线上的人类
为我们亲爱的人民
在房子里升火取暖
为创造富裕的生活腾出地方
让人们从这里取走
各自需要的金色的希望

4

投身到生活的海洋中去
让它按照自然的面貌把你雕琢
冲刷净污泥、泡沫
让它以雕塑家的手指
把你琢磨得美丽、真实

心灵闪闪发亮
如一粒晶莹的钻石

5

冬天的雪水
将把大地冲刷干净
在春天松软的黑土上
人们把一束束希望的鲜花
种子轻轻地撒在田野中
热情会融化冰霜
大地将改变颜色
红的山岗、绿的田野、蓝的大江

6

我要汲取这么多新的灵感
人们在这样尽情地歌唱
生活、劳动、创造
歌唱民主、科学的巨大力量
歌唱四个现代化
历史的洪流、人民的愿望
任何力量都不能抵挡
尽管头顶上还会有暴风雨
脚底下有险坡陡壁
我们必须手拉紧手

十亿颗心脏贴近党中央
希望的歌声会像一面巨大的
旗帜,高高飘扬在巍峨的山巅上

7

希望
将以时间和工作来报偿
时间是黄金,再不能
像过去十年,挥金如土
每个人的生命的储备并不丰富
几亿人的劳动去创造一个零
几万吨血肉去塑造一尊神
还是让我们一起来试试
把有益于人民的活动和理想
填满每一天、每个小时
我歌唱:你将取得金色的希望
在我们这个有限的地球上

1981年1月23日深夜—黎明

火箭发射场抒情[1]

绿色卡车在戈壁上穿梭奔忙,
庞大的塔架张开钢骨的臂膀,
测试车间伸出无数灵敏的触角,
机房光亮的眼睛朝向宇空瞻望。

指挥员起爆的口令划破黎明,
火箭啊,喷出浓密的烈焰向太空飞升,
巨龙燃灼的火舌舔着赤红的烟云,
搅起大海的狂澜在天际沸腾!

啊!火箭!指战员心中的精灵,
满天绛云染红的戈壁像突然下沉,
希望的星雨却在科学家的梦幻里降临。

火箭载着地上的智慧在天外遨游,
未来,载人飞船去访问星球,
将在科学的高峰上拥抱壮丽的宇宙。

---

[1] 初刊于《青年作家》1981 年第 7 期。

丁香树下[1]

如果丁香树的叶子发绿,骨朵发暗,春天就会重新来到了。我就会在泉水边,听到你流水一样哗哗的欢笑……

不必去蝴蝶泉看它们翩翩飞舞,蝴蝶们懂得什么呢?
如果你有一天来到我的身边,这偏僻的泉水会发亮,我的头发会发亮,我的心也发亮了。我们飞步上山,人家会看见两只蓝色的蝴蝶,从树林飞向山岭,飞向隐蔽的花丛里。

我曾经为失掉你感到苦痛啊,好像风把水吹成了冰冻。
昨夜我在竹楼上又梦见了你,我在梦中喊你,那声音多么远啊,从泉水的崖石边,飞过幽谷,飞过山巅,我想你听见了。
你听见了吗?你也梦见我了吗?

我又来到丁香树下,我仿佛看见了你的身影,你在哭吗?你在笑吗?我怎么又看不清哩。
如果丁香树的叶子绿了,骨朵发暗,那就是说,春天就重新来到。

---

[1] 初刊于《星星》1981年第1期。

我相信我梦中的声音,我永远不会失掉你,因为世上一切美好的东西都是不会消失的,它们永远会存留在我心里,只等一阵温柔的春风吹来,冰冻会消融,泉水会发响,蝴蝶会飞舞,我的心会发亮……

啊,我们的爱情会像蔷薇花一样,在春天灿烂地开放……

苗 寨 情 思[①]

　　当竹楼的灯熄灭了,我和树林中的黎明一同醒来,早睡的金丝雀还在闭着眼安睡哩,为什么我醒得这么早呢?

　　我坐在竹楼的窗边凝望,我不知道凝望什么,那远山我是熟悉的,云彩也没有变化,我的心绪不宁,蓬散着我的头发,我编不成一只辫子啊。

　　在清晨的山谷里,山腰上缠绕着朦胧,绛红的雾霭,啊,是他,他从村口的大路上走来了。

　　他的军服像嫩草一样翠绿,红星闪耀在他的头上,苗家的边防战士,穿上军服还是一口乡音啊,他和蔼的微笑像麋鹿,人们都说他比狮子还勇敢哩。这是真的,我在战场上亲眼看见的,我诚实的眼睛可以作证明。

　　他离开对面的人家,走到我的竹楼下,热情地喊我的名字:"……你可是那位苗家担架姑娘……"

　　羞涩像一枚苦果麻住我的舌尖,谁的手指乱敲我心里的小鼓,我的双臂因快乐而发抖,我的耳朵发聋,我的心提起来堵塞住了我的咽喉,可就是说不出口:"我就是她,我抬过担架,我就是她……"

---

① 初刊于《新港》1981 年 8 月号。

树林里快黑了,黄昏的一抹亮光停留在倦飞的鸟翅上。

我在河边挑上一担水,水桶还没有装满,为什么却泼洒了满地的珍珠,水珠溅湿了我的裙边,我的脚步为什么不稳当,就像喝了几口米酒一样……

山背后闪来一道手电光,那是骑车子的人手里射出来的。啊,那个边防战士骑着脚踏车来了。我虽然看不清他的面庞,我认得出他英俊的神态和宽宽的肩膀,他像一只鹰那样飞来了。他的一串叮叮的车铃是这样清脆,就像花瓣从我的心头飘落,像渴望中的雨点打在芭蕉叶上。我为什么心绪不宁,而又这样慌乱呢?

暮色中,他的军服成了墨绿色,就像一棵青青的杉树,那样挺拔、英俊。

他进出几户人家,大约只匆匆说了几句话,边防战士总是很忙啊。我料想他是办公事来,他的公文包鼓鼓囊囊。人们告诉我白天开过会,许多人得了支前奖状,那里面还有我的名字哩。我不巧上山去种玉米了,还顺路去看了一趟那座小坟。

他在我的门口放下车子,那只手电握在他的手里。他拿出一样东西放在我的竹楼下,用那样熟悉又疲倦的声音问:"那位苗家姑娘,这座竹楼是她的住处吗?……"

羞涩像一杯麻药蒙住了我的心,我吐不出这样的话:"我就是她,边防战士,我就是她。"

初春的夜色像一片轻纱,从天空垂挂到山下。南风温柔地吹拂着棕榈叶,发出美妙的声响,好像谁拨响了月琴弦子一样。

我的竹楼虽然静默得像一口井,山寨的草坪上却像煮开了锅的水,再没有比这更好的盛会,火把比灯还亮,还多,人们沉浸在胜利的欢愉里。

我坐在竹楼的窗口,夜风吹散了我乌黑的长发,我的思想已如离窝的金丝雀,在他的心的旷野上空飞翔,我不知道将要飞向何方……

啊,冬天,国境那边的强盗射出罪恶的子弹,杀害了我年轻的弟弟,我流过了多少痛苦的泪滴。

我背起担架,参加了自卫反击战的行列,我和他——那个边防战士,一同越过山谷和悬崖,在冲天的火光中,在倾盆的大雨中,在密林的黑夜中,我认识了他,认识了他。

他为我报了仇,为苗家山寨雪了恨,我感激他。

难道他一点也记不起我了吗?

唉,我这颗痛苦的心,怎能开出爱情的花朵,亲手献给他。

我这颗怯懦的心,怎能开出爱情的花朵,并且当众献给他。

透过黑暗的夜,我不断地轻声呼唤:"我就是她,心爱的战士,我就是她呀!"

1981年5月改定于兰州甘肃师大

北京组诗(一)[①]

海 的 女 儿

我是海的女儿
我是台湾人
我把洁白的影子
留在了北京
我把鲜红的血液
流进了母亲的心

海峡那边啊
在绮丽明净的日月潭
雄伟的基隆港湾

[①] 唐祈在《十月》1981年第6期,以《北京组诗》为名发表了《海的女儿》《叶笛》《圆明园断想》三首诗;于1981年在《中国新诗》上同样以《北京组诗》为名发表了五首诗,增加了《美的旋律》与《登长城》两首(《中国新诗》为西北民族学院研究所在1981年编著的内部刊物,编辑者为王沂暖、唐祈、魏泉鸣、李伏虎)。
1984年出版的《八叶集》以《北京抒情诗及其他》为题收录了《叶笛》《圆明园断想》《美的旋律》《登长城》等诗。

夏日暴雨后亮晶晶的街市
花园道旁绿得滴翠的藤蔓
挽在我手臂上散步的伴侣
为什么
为什么我的心那么忧伤、灰暗

北京这里
在绿波荡漾的昆明湖畔
西山红叶燃烧的枫树林
满城灯火撒下璀璨的繁星

我在熟悉又陌生的人群中穿行
长安街的阳光刺痛我微笑的眼睛
为什么

初刊于《十月》1981年6期
为什么我的心这样宁静、光明

啊,我的动听的校园歌曲
震荡在北京的音乐厅
我的草编的手提篮里
装满了带回去的礼物和风景

啊,海外儿女最深的感情
是颤动心弦的思念
人们最亲的语言

是孩子嘴唇上那一声:母亲

啊,我是海的女儿
我是台湾人
我把洁白的影子
留在了北京
我的燃烧的血液在呼唤
祖国啊,母亲

1981 年 2 月 10 日深夜—11 日晨

圆明园断想

一

你这座死去的花园
　有着活的声音
　当春风把树林吹成绿色的琴弦

二

残断的大石柱像沉思的人
　在寂静的回忆里
　噬咬着火焰的伤痕

三

沉默的石雕图案

镂刻着世纪留下的悲叹
使少女纯洁的眼睛发暗

四

啊,不再存在的华贵的宫院
深藏着多少奴婢的哀怨
一直升向阳光照亮的云端

五

黄昏中荒芜的草坪
 弯曲的石径深入人们的心灵
 一道抹不掉的蛇形的阴影

六

历史的网织在你的心上
 尘土不能把回忆埋葬
 人民曾在土地上激烈抵抗

七

今天,人民强壮了
 将用洁白如玉的大理石
 建造一座东方花园的新城

1981 年 3 月 12 日

叶　笛

——一个华裔美籍姑娘的诗

我有黄昏的色彩
我的肤色不是白的
我是一片风中的叶笛
我踩着海上的幻梦
向你轻轻走来

我是海,随着幻梦飘游
扬起春天微笑的波澜
我的每一滴水
浸过岸边潮湿的黑泥
变成你的树液
在你的周身循环

你是一棵树
沉静的树身在崖岸挺立
凝视黄昏飘过来的云朵
含着深情的绿色的嘴唇
向我把爱情轻轻诉说

我有黄昏的色彩
我是一片风中的叶笛

我将带走你的梦

你的梦,繁星满天、银河璀璨

你的梦,银铃似的笑声飞满崖岸

你的梦,黎明的薄光从森林升起

我是一片风中的叶笛

将带走你给我的希望

——翠绿色的回忆

1981 年 2 月 10 日,12 日

烽 火 台[①]

我看见烽火台上的青烟

在我的心中升起

它如鸦群飞舞

乌云翻卷天际

啊,我听见

历史的一声黑色叹息

登 长 城

奴隶们有无穷大的力气

长得望不见掌心的手臂

---

① 《烽火台》初刊于《新疆文学》1983 年 6 月号,同期有《登长城》。

掌握了世代相袭的技巧
这些阴沉的艺术灵魂啊
他们,是他们
筑起了万里长城

他们征服了残酷的山峦
沙漠上的毒日
身上的疾病、鞭痛和饥饿
夏夜猖狂的月亮下
他们的头高昂在山海关外

脚伸向嘉峪关戈壁的硬壳
他们深陷的机警的眼窝
燃烧过数不清的烽火
挺起坚硬的胸骨
捍卫着奴隶的祖国

绿色的森林匍伏在身边
瀚沙惊叹它的雄姿
庄严、巍峨、肃穆
它蜿蜒在历史画册上
一条银灰的巨龙
盘在地球的一角
宇航员从月球上看见它
再不感到人类的寂寞

连那些不可一世的帝王们
也赞颂长城
高唱秦皇汉武之歌
但在奴隶们的脚下
却如一堆骆驼干粪
令人厌恶

多少善良的旅游者啊
怀着钦慕的心情
欣赏伟大艺术的灵魂
从七彩的胶片的阴影里
看到了这条巨龙张开牙齿
但匆促的一瞥哪能看见
长城的每块灰砖
奴隶们的血泪凝成
是他们的骨灰和泥土所烧炼

北 京 地 铁

柔软的灯光在这里
湿透翠绿的空气
人们走进珊瑚筑成的宫殿
忽然潜入了沉静的海底

戴着钻石珠宝的妇女
像初春雨夜里的花枝

矿灯帽压着额发的矿工
手拎着青菜的老人
脸色红润的母亲和婴孩
都静静坐在车厢里
让他们在浅绿的光线中飞驰
如大海里一同游过的鱼儿

那扇闪忽的车窗口
一双托着腮沉思的手,
像雪白的莲藕
透过镜框的深沉的眼光
落在厚厚的书页上,
谁能知道
博学的女研究生在地下
思考着宇宙

1982 年 7 月,北京

理　想

一

理想,多少人为了你
献出毕生金色的流光
枪弹呼啸中从不彷徨
夜路上撕开迷雾的网

甚至把生命
留在黝黑的绞架上

二

理想,敦促人们跨越
时间,像一种永恒的催迫
地上的向日葵
永不离开太阳
鸟展开翅膀
向极高的天空飞翔
一座活的喷泉
直射自灵魂最深的矿藏

三

理想,应当像一颗星
你就是一个辉煌的世界
晶莹如同一粒钻石
永远在内心闪烁发亮

四

理想,告诉我
你不是一片亮光
幸福、探索,又是什么?

北京组诗(二)

艾 青[①]

——祝贺诗人艾青创作五十周年

你双手驱散浓重的黑夜
火把有你的手给它的颜色
黎明中你发出通知
让全世界看到光明中国的一切

你讴歌大堰河善良的灵魂
对北方的土地爱得也那样深沉
你内心装满炸药,手掌播出火种
让青春的泪雨冲洗人类的苦痛

你真像一只鹰久久盘飞在高空
从幽谷的黑暗看出晨曦的山峰

[①] 《艾青》初刊于《星星》1983年8月号,同期有《美的旋律》。《唐祈诗选》删去了副标题。11行"显得"改为"更"。

你比铜身铁干的橡树显得庄重
把根扎进大地,不怕十二级台风

你的画笔渲染出旷野的狂暴
用鲜亮的色彩涂上农民刈割的镰刀
你画出乡村黄昏的树林的静寂
诗句像生活一样朴素和壮丽

现代城市的光和影构成你的画幅
犹如一座大厦多层结构的建筑
心灵的视野从窗口探向宇宙星球
聂鲁达在海岬上向你热情伸出双手

你无休止地解释唯物辩证法
解释阳光的洪流灌注灿烂的百花
光的赞歌使你的手指颤抖
你像岩石把浪尖托在受伤的肩头

今天,大西洋的风吹动你的黑发
飘过巴黎、罗马……飞到爱荷华
所有的人都听见你在白纸上唱歌
让你的祖国在地球上披满朝霞

人们赞美你如一座诗的丰碑
屹立在多灾多难的英雄一辈
为了人民的理想你从不后退

像群山中的高峰永远青翠、光辉

1981年6月北京

美的旋律①
——给北京体育学院艺术体操表演同学

我走向大海远眺
晚霞吸去了海面的喧嚣

风的无形的手臂
托住了海浪柔软的腰
浪花露出白色的牙齿微笑
——蓦然间
我又看到了你的舞蹈

那宽敞、辉煌的大厅
淡绿色的聚光圈里
你——一朵洁白的浪花
从乐音中腾跳半空
闪光的青春
从裸露的健康的肌肤
到轻盈弹跳的脚尖
黑发旋转下一闪的笑靥

---

① 《美的旋律》初刊于《新港》1983年第1期，同期还有《雪》《幼儿园》。

啊,人类的美
从你的身体内升华

海边,我才省悟
你原是一朵轻盈的浪花
成了亮光
一道没有形体的亮光
闪耀在人们的思想里
用美的旋律
将人的心灵净化

1981年3月11日

雪①

飘下来了,飘下来了
静悄悄的轻柔的雪花
人们走进白濛濛的世界里
消失了城市街道的喧哗
少女们厚厚的围巾裹住了
潮湿的黑亮的长发
希望的蓓蕾却在心灵中发芽

---

① 《雪》收《唐祈诗选》时除题目改为《雪花》外,另有3处改动为:
"飘下来了,轻柔的雪花。"
"无声的语言润湿了我发潮的额角
商店厨窗的眼睛在询问"。

朵朵雪花向我飘落
无声的语言润湿了我的生活
商店橱窗里的眼睛像在询问
远方也下雪了么

啊,我知道
雪花的脚步后面
春天正向我们走来

1981年2月5日,北京

幼 儿 园

你看见吗？在那座花园的
拱圆形的大厅里面,
孩子们从太阳的光辉中走进来,
一群轻盈的乳燕啊,
在春天的花丛里翩跹。

一片快乐的喧笑、叫唤,
像乐队吹响了金属的短笛一般,
孩子们的嗓音多么嘹亮、柔软;
树林里小鸟一样的歌声啊,
风把它吹送得很远,很远……

那扇敞亮的玻璃窗下,
玫瑰花丛像一簇簇燃烧的火焰,
小松树轻轻踮起了脚尖,
快活的小溪水忽然不响了,
都沉浸在刚才讲的故事里面。

孩子们在真心地期待,
英雄的刘胡兰有一天真的会到来,
她会打仗,自然会走很远的路,
走过广场和大街,穿上新布鞋,
高高兴兴走上门口的石台阶。

窗口,那个挺起胸脯的小女孩,
黑色的大眼睛闪着宝石的光彩,
她昂着头,凝望着未来的世界;
就在这美妙的瞬间,我仿佛看见
亲爱的胡兰子英雄的童年……

夜 歌

这一定是你的
　歌声　在黑暗中
它潮湿　温馨　迷蒙
　像三月的夜雨
飘洒在丁香花丛

歌声触摸到的一切
　　冰霜随处消融
夜　改变了温柔的面容
　　它的闪光异样生动
比月色更美　更浓

啊　你的歌声
　　飘荡在花园中
有着风的力量
　　似乎忘却了苦痛
而把爱情升向夜空

1981 年 10 月

窗　口[①]

我已不在那里了
留下三楼的那扇窗
夜深了,不会有灯光
像盲者的眼睛
把忧伤深深隐藏

---

① 《窗口》初刊于《星火》1983 年 2 月号,同期有《空中一瞥》,收《唐祈诗选》时的改动处为:
"钢琴还会奏响"
"在草坪上散发出幽香"
"洁白的花朵骤然开放"。

钢琴还会响
在绿荫盖满的地方
星星点点的波斯菊
在草坪上散出幽香

也许会有一个人
偶然经过那里
在清亮的月光下
猛然把往事回想……

啊,那扇窗
谛听过生命的震颤
丁香花洁白地开放
在八月的黄昏
钟声在心灵中敲响

1982年8月兰州

满 妹 子[①]

——老苏区一个真实的故事

满妹子——十三岁了,个子瘦小,
在潋江划船,不怕白浪滔滔,
风雨迷濛中箭一样穿过封锁的桥;
有时去深山砍柴,背把柴刀,
盘山绕岭爬上一棵槲树梢,
——原来她早已是红军的瞭望哨。

江上和山里她什么都知晓;
胆量更不小。只是有一夜
她被捉进白狗子的碉堡,
滴血的嘴唇只流出一句:"不知道!"
震动黑暗天空的回音,终于
使白匪像一只苍蝇那样飞掉。

逃跑归来,黑亮的眼睛更大了,
满妹子又在船尾快乐地把橹摇。

---

① 初刊于《星火》1982 年第 2 期。

只有这回她哭得真伤心啊,
当这船红军将要北去,她才知道
同志哥把自己的一小袋米,
悄悄地放在她的船梢……

从此,她跟区苏维埃的妇女,
像倔强的红花草繁衍在苏区,
落雪、下霜、冰雹也打不死去,
瑞金、兴国多少年斗争的风雨啊……

在她那坚强的身躯里,
把我的小生命孕育。

今天,阳光洒遍赣南山山水水,
鲜红的霞光中我们又在新长征,
老妇女主任更像一名新战士,
村里村外听见她前进的脚步声……
老红军侲爸头一回对我"泄密"——
啊,满妹子,我的骄傲的母亲!

空中一瞥

没有鸟群
　　在高空
只有我们银灰的翅膀
在天宇之际透明的空间
　飞翔

白云
　如一群没有重量的白象
　　渐渐挨近身旁
它们静卧不动
　从不惊慌

皱折的山脉
　像藏着复杂记忆的核桃
那里也有路上升或者下降
只有太阳强有力的光
　让我们在稀薄的空气中
把地上骄傲的长长的影子
　　统统遗忘

我们要学会希望
　只有在阳光里飞翔

1982.4.12

塞上月光曲[1]

一个科学工作者在沙漠探险失踪了,
我在月光下感到悲痛……
———一个沙漠考察队员手记

一

狂烈的沙暴在低声喘息,
 沙漠死一般沉寂,
夜披着黑色的风衣,
 伸出颤抖的手臂
 从沙丘到戈壁,到处寻觅
一双探索者的脚迹。

二

夏夜的月亮是银灰色的,
 把红柳树的影子染黑了

---

[1] 初刊于《诗刊》1982年8期。

在这"死亡之海"①里，
　　飘浮着珊瑚般的回忆，
沙漠探险者的队伍，
　　留下一串深陷的驼蹄……

三

月亮的毛边散成花环，
　　在低空轻轻呼唤，
你仿佛从梦中惊起，
　　发亮的眼睛仍在搜索
塔克拉玛干地貌的秘密，
　　装进背囊绿封面的笔记里。

四

你在克里雅河边徘徊，
　　茄声从喀拉屯古城遗址升起，
风暴撕碎一片片大漠戈壁，
　　千百个城郭葬身在沙底。
只有今天探险者的手指，
　　揭开塞上的荒凉和神秘。

---

① 塔克拉玛干是世界第二个最大的流动性大沙漠，在我国西北部，人们称它为"死亡之海"（原注）。

五

人们将你四处寻找,
　　没人知道——你躺着的这块沙包,
秀美的黑发盖住你沉思的额角,
　　围巾在夜风里轻轻地飘,
月光的银辉将你英雄的躯体照耀,
月亮不像我悲伤,随时感到骄傲。

1982.2 兰州

玉门晨歌[1]

一

黎明,淡青色的晨光
从祁连山雪线升起
我的心,像风
快乐地奔向你
翠绿的芨芨草、驼刺
在我的心口感动得颤栗
玉门,石油的海啊
我终于在你宽阔的胸脯上
呼吸着油海芬芳的气息

我在帐篷的梦里
听见你亲切的呼唤
我睁眼听到你的钻塔上
沉重雄浑的歌声

---

[1] 初刊于《甘肃日报》1982年10月7日第4版。

咚哒、咚哒、咚哒
像大海掀起黑色的波浪
把力量聚集
冲破地层下的白垩纪
冲破了时间和距离
你的歌震撼着我的心
撼动了千年沉寂的戈壁

在三千公尺的高空航测机里
我从窗口深情地注视你
无边的戈壁滩上
闪着无数银亮的小旗
我知道,那是母亲微笑的眼睛啊
让我探寻你内心的秘密
你的宝藏暗示在荧光屏上
微红的光谱透出油海的信息

玉门,流不尽的石油啊
工人们曾经赞美你
像一头健壮的母牛
丰满的乳房流出成桶的奶汁
哺养出第一代玉门人
又把我的石油兄弟
撒向大庆、胜利油田
遥远的南国海湾石油基地
中国石油母亲啊

你流过整整的半个世纪

二

你召唤我来
我就踏着黎明的曙光来了
难道不是我早已梦想过的
光明的际会
前天,塞外下了大雨
一个满头戴着野花的小牧女
告诉我:
"玉门哭了……"
真的,草叶上还有雨珠在滴
泥泞沾满在土地的裂缝里
(我想起十年黑暗的回忆
一座地质学家石碑被砸碎
许多棵白杨树砍断了……)
今天,我踏着黎明走来
阳光很快伸展出
无数金色的手臂
把一块金席般的戈壁
从地平线上轻轻卷起
白杨围绕的绿色公园里
那座地质学家的纪念碑
微笑着在阳光中矗立

三

晨安啊,玉门
当钻塔上的石油工人的四重奏
震碎了朝霞撒满大地
我的歌在你的歌声中沉醉了
我抛开了黑夜的行程
我曾骑在骆驼背上
翻过祁连山白色的背脊
日夜凝视着你
只有我知道
你遍布地层的油海
是黑色玉液凝结的花朵
河西走廊五彩的地下河
人民取暖的火
现代工业化的鲜红血液

晨安啊,玉门
晨安啊,玉门人
现代化的曙光
已经照耀在你的地平线上
玉门、飞腾吧
迎接祖国初升的太阳

边塞的献诗[1]

石像辞

——玉门公园里竖立着地质学家孙健初的石碑,嵌着他的遗像。

我行走在玉门油矿
思念装满了我的行囊
你石碑上微笑的面影
照耀着市街的草坪和广场
如一片悄然出现的霞光

你也许正在祁连山探寻矿藏
走过白雪覆盖的峡谷和山梁
骆驼和你的前额积满风霜
你不会认识我
我就在你不远的地方

---

[1] 《边塞的献诗》初刊于《飞天》1982年12月号。共有《石像辞》《长城》《骆驼草》《嘉峪关遐想》《夜光杯》五首诗。

你在玉门戈壁到处飘荡
从黎明走到帐幕落满月光
你的梦想是石油的梦想
草原的油海翻起了五彩的波浪
你的心永远没有停泊的海港

我在石碑前凝望
你燃烧着智慧和思考的目光
像我早已熟悉的沙漠上炽热的太阳
呵　回忆的蓝色乐章在心头奏响
不知为什么我会激动成这样

长　城

我所有的灰砖
都被硝烟熏染过

我全部的感情
都呈现给祖国

骆　驼　草

我把生命的根须埋得很深
我才活着

为了给献身沙漠的骆驼

我才死去

嘉峪关遐想

嘉峪关的阳光
灿烂得像古代某一秋天上午的太阳
我走进了一片威武的战场

黑色相机"咔嚓"一响
一个微笑的日本女郎
惊碎了这一片阳光……

夜 光 杯

我还没有举起夜光杯
心　却早已酩酊大醉
如果不是盛满了玉液的
爱情　哪能让人这样的珍贵

1982年9月4日—6日写于玉门一带

江南短章(组诗)[①]

西 湖

你是一个绿色的画梦,
轻笼在烟花雨丝织成的湖光中,
垂柳的长发随风舞弄,
游船像影子闪进了桥洞。

人被围在春花、鸟啼的浓荫,
水波噘起了说话的嘴唇,
呼唤你的船划近,再划近,
春光中你的心会比湖心更年轻。

旅 店

你的一切原和我陌生,

[①] 《江南短章》初刊于《星星》1986 年第 5 期,其时共《西湖》《旅店》《黄昏》《白云》四首。《唐祈诗选》中将《白鸽》《卖花姑娘》《离别》《寒山寺钟声》《山村曙色》五首诗也合并进《江南短章》中,但并未收录《旅店》与《黄昏》。

忽然熟悉得像我穿旧的衬衣；
沉静的玻璃窗和闭着眼的门，
留下了我的欢笑和叹息。

我把每一天交给你，
最后你终于把我抛弃；
你装的东西太多，从不珍惜
每个异乡客的江南回忆。

黄　昏

这片柔和的落日光，
抹在路旁的梧桐树上
它成了金色的叶片
把长街的琵琶轻轻拨响。

甲壳虫似的黑色车辆，
钻进一层层暮晚的惆怅，
楼上的少女斜倚着绿纱窗，
将黄昏收进她的心网。

白　云

秋天渐渐临近了，
湖边的花园，凉亭，
我们走过的每一条石径，

水洗过一样幽冷,清静。
我坐在石凳上望着云,
将不会再见到你;
我把白云的翅膀扯成碎羽,
在我的心上飘来荡去。

白　鸽①

你像一只纯洁的白鸽,
　躲在花园静谧的屋角;
从不说柔情的絮语,
　眼神却闪出了爱的抑郁。

时而像绯红的梦那样
　神奇,在心灵里忽亮忽息,
但它既忠实,又甜蜜,
　使我的生命充满了感激。

卖 花 姑 娘

杏花　春雨　江南
细雨中一声潮湿的叫喊
把花香留给小巷的青石板

---

① 《白鸽》初刊于《十月》1985 年 6 期,同期有《卖花姑娘》。

你最早跨出了夜的栅栏

你的歌像一声声春的承诺
像梦的彩翅在黎明轻轻飘落
我打开门　门外不见你的身影
你像白色的雨一样晶莹

离　别①

白手绢上的阳光
变湿了　像一朵灰云
你靠在银灰的船栏旁
感到江南初秋的寒冷

湖水吞咽着一切
在默默无言地告别
风把我们的心
撕成一片片枯叶

寒山寺钟声

我的船在姑苏城外夜泊
望不见枫桥下稀疏的渔火
没有夜半的钟声唤醒我

---

① 《离别》初刊于《星星》1986年5期,同期还有《寒山寺钟声》与《山村曙色》。

月亮像碎瓷盘落进青色的水波

白天我忽然听见寒山寺的钟声
啊　一位日本远来旅游的白发老人
他从童年的《唐诗》梦境里走出来
为了这钟声　他跋涉了一生

山 村 曙 色

发暗的曙色中一群鸟叫
像藤条上一簇纠缠不清的紫葡萄
水田镜面上几颗星辰闪耀
嫩笋似的新月向山村微笑

我走上村舍不远的石桥
脚下踩着梦中温柔的绿草
也许我不会再回到这里了
啊　遗失了的春天多么难于寻找

1982 年—1983 年写于江南
1985 年 10 月 23 日定稿于兰州

敦 煌 组 诗[①]

敦　煌

敦煌像一个梦幻世界
　却又是真实的存在

敦煌从荒漠中走出来　带着她那
山崖上神秘的洞窟　天梯　牌坊
金碧的神龛　壁画　佛的塑像
伴随着地平线上初升的太阳
召唤旅人们来自世界八方
高高扬起赞美的手臂伸向天际
摩登的男人　女人　黑色照像机
沉醉的眼睛在燃烧　披肩的金发
站在洞窟里对着神谈话
少女隔着空间叹息

[①]《敦煌组诗》初刊于《飞天》1982年5期,其时有《敦煌》《莫高窟》《路过阳关》《珍珠》四首。《唐祈诗选》中将《飞天》《一念》也收录进《敦煌组诗》中,但并未收录《莫高窟》。

敦煌　不是遥远的碎裂的星辰
是一道辉煌亮光开拓着黑暗的戈壁

走进瑰丽无比的层层宝库
洞窟里藏了天上地下多少人生变故
王子寻找九彩鹿　有人用肉体去喂饿虎
人们回想前生　面临一片幽暗深邃的湖

啊　神奇的画卷是东方智慧的光束
人性的美　珍藏于神妙莫测的艺术

瞧　新来者被挤在街心花园旁
迎面凝望反弹琵琶飞天的石像
仿佛看见了自己心灵最美好的形象

荒原上骆驼的铜铃叮当
从丝路走向一望无际的远方
阳光下摘棉桃的姑娘　强壮的牧人
他们是这里村砦　城市的守护神
世代守望三危山上人类的金冠　敦煌

路过阳关

从古城雉堞上一抹夕照
我听见了历史无声的波涛
古西域的乐音在风中飘

我沉思如一棵静默的秋草

天边一队骆驼的剪影
把古城驮进了梦境
月亮的幽光,像大钟敲响
黑夜来了,我低下头想……

敦　煌

像一座藏满金珠宝玉的仙窟
顺着沙漠金色的海洋漂来;
谁要是被你的魔指一点,
心就沉入了美的世界。

莫 高 窟①

一排排神秘的洞窟,
在风沙的山上站立;
我想起一队队来朝觐的使者,
在举行它那无言的赞礼。

我们看不见喧哗的仪式,
金碧辉煌中活动着神的旨意,
每尊塑像含着微笑,

---

① 《莫高窟》见《八叶集》。

回忆当年繁闹的晨夕。

呵,当河流变成一片砂砾,
四周的城郭向沙漠悄悄逃逸,
而莫高窟,披着阳光的碎金,
宣扬人的智慧,从古到今……

珍　珠

——赠临摹壁画的 H

你这样年轻,美丽,
总使我想起一颗
珍珠,沉在深深的海底。
幽暗的光线中
你汲取色彩,梦幻,神奇——
让所有存在的美——
白鹿的角,翘起的象鼻,
英俊的异国王子,
胸脯丰满的供养人,
统统唤起自己的生命,
在新鲜的空气中
舒畅地呼吸。

呵,只凭你的手指间
　　一支彩笔。

你仿佛从波斯的夏夜醒来,
又踩着恒河的浪花走来,
你白嫩的双手①
牵着飞天飘舞的彩带……
满怀爱情的羞涩和惊悸,
呵,你描摹画中的飞天,
看飞天壁画的人在看你。

你低下头沉思,
沉得很深,
光线这么暗——
真像一颗珍珠,
在幽幽的海底……

1984—1985 年写于敦煌莫高窟

飞 天

风在沙漠逡巡了一千年
今夜像醉了　在树梢上安眠
你的影子在夜空出现
撒下白色花的飘带飞在月亮旁边

世界在一瞬间忽然变得神奇

---

①　"你白嫩的双手"及以下九句,《八叶集》中无。

仿佛我和你在同一个梦里
虽然你并不属于这个世纪
美　把我们结成了一体

一　念

我在西部一座高高的雪峰
筛着纷纷的雪　啊　这北风
静寂中消失了一切的时空
敦煌无意地走进了我的帐蓬

你伸开金色的手臂　白鹤翩翩
莫高窟响起了琵琶和绿树的语言
啊　是我一束闪电似的怀念吗
还是你在梦游　坠入膜拜者心间

1985 年写于新疆

给萨仁高娃的抒情诗[①]

——在沙漠的旅途中,偶然听到一个蒙古知青的独白

听者是谁

在草原的月光下
我站在翠绿的夜里了
银铃一样熟悉的
蒙古少女的牧歌
从我心灵的旷野流淌
像一片温柔的风的手掌
抚摸在滴落露水的草叶上

沙山那边:萨仁高娃呵
小小的褐色的篷帐里
藏着我青春的幻想
鲜嫩红润的面庞

---

① 《给萨热高娃的抒情诗》初刊于《长江》1983年3期。有《听者是谁》《小鹿》《爱情》《誓》四首。

一束烈火似的目光
我从你的瞳仁里
看到了未来的希望

今夜,我用滚烫的爱情
把自己灌得醉意酩酊

我的灵魂
像马头琴的弦子
被看不见的手指拨响
愿我们同在一支彩色的歌里

如同云和霞光融合在一起
愿你是风,我奔向你
感动得震颤如风中的马尾
呵,呵,唯有你知道这支歌
听者是谁

小 鹿

初冬的黑暗的草原上
毛茸茸的小鹿呵
温柔的胸脯在抚爱中起伏
我的手掌触到了
幸福——却使它惊惶地
逃走了

把青春的气息
留在我心的绿色的幽谷

爱　情

在阿拉善的路上
牧人用块布遮着火红的太阳
我对萨仁高娃的爱恋呀
用什么也不能遮挡

我的马头琴悲伤得恸哭
人们听着还说是甜蜜的歌曲
就是泉水照见自己的影子
它也看不到心坎里的忧郁

真情实意的爱恋呀
想掩盖也是藏不住的
就像玫瑰混在牛蒡花丛中
谁都能锋利地把它认出

誓

我原是绿枝上鲜嫩的红果
经不住爱情的煎熬
还没等秋风来到沙漠
憔悴得成了一棵艾草

艾草在你脚边我也愿意
承受你生命赐给的露滴
听从你的摆布和指挥
只求你不要把它烧成灰

呵、即使成灰我也不伤悲
你曾俯身对我说过
就让爱情如一块无字的墓碑
在生命的终点放射出光辉

西部草原(组诗)[①]

草原女人的手

一

那黑暗的夜晚
在羊脂灯下捧着空木碗
枯树皮一样的母亲的手

那些披散了发辫　月光里
泪水像露珠滴落在草叶上
被人用粗绳捆绑的少女的手

那在寺院阴森的殿堂前
长跪在木板上喃喃祈祷
捻着佛珠的苍白的手

[①] 《西部草原》初刊于《绿风》1984年第6期，又刊于《长安》1984年12期。有《记忆》《风和黎明》两首。
《唐祈诗选》收录组诗时将其它名为《边塞的献诗》。

那在马背上　迎着风雪
为了饥饿的孩子去猎一头黄羊
箭杆上凝结了自己血斑的手

那些在褐色的帐幕里
缝制着反抗的旗帜　在黑夜
召唤黎明的女人的手

二

那烧起牛粪灶　端上奶茶
给远方旅人温暖的回忆

天鹅绒般柔软的手
那抓紧缰绳　把牧马
箭一样穿过草原
牧鞭震醒了朝霞的手

那托起洁白的哈达
给人们带来吉祥如意的
比丝绸还要纯净的手

那提起笨重的木桶
指尖像蝴蝶般飞舞的
挤着马奶子的手

·216·

那双被新郎牵进帐幕
被幸福搂抱喝下合欢酒
感动得微微颤栗的手

那钉下木桩　架起蒙古包
在白雪和暴风包围的深夜
为我们升起火焰的金色的手

那串起红绿珠子的项链
挂在孩子的颈脖上
为他们祝福未来的手

那剪下雪堆般的羊毛
把带血的牛皮晾晒在牧场边
让草原富裕起来的手

那双捂着眼睛和面颊
流出了晶亮的成串泪水
把委屈埋进心窝里的手

那在高高的马鞍上
抛下一只只猎获的野兽
男人一样粗犷的手

那最初把乳头塞进婴儿的
玫瑰般的嘴唇　在不眠之夜

颤动着羞涩和微笑的手

那在荒凉的沙丘　跟太阳一道
牵起林带的树木和绿色的草叶
用绿的波浪渲染沙漠的手

那双兴奋得发抖
虔诚的捏紧红灿灿的选票
用自己的名字递进投票箱的手

高高地举起吧　挥舞吧
向建筑每一块草原绿洲的开拓者
欢呼出巨大声音的女人的手

1984 年 2 月 21 日写于西北

星　海①

——一个蒙古少女的眼睛看见的

一

草原那边　真有夜明珠
嵌镶的不夜城吗
一片闪光的星海

---

① 《星海》初刊于《星星》1984 年第 6 期。《唐祈诗选》的写作时间为 1985 年，有误。

把黑色的夜赶开
一个单独的世界

我从高高的驼峰上看得见吗
如果我站在祁连山巅
我和雪峰肩并着肩

它像雪莲的平静
像金雕翅上五彩的羽翎
它像钻石　水晶
我们蒙古女孩灼热的眼睛
啊　童年奇妙的幻想
燃烧着我的心

二

今天　我站在
电站银灰色的塔顶
飞旋的风车
伴我迎来草原的黎明

我的少女的脚步走过
电力学院深奥的幽径
白发教授告诉我
普罗米修斯盗取天火的神话
让我也给草原带回一束光明

我掌握了光的世界
光波的暖流注入了我的血管
童年的星海的浪花
忽然溢满了我的胸怀

啊,草原旋转着
我生活在另一个新时代

三

草原的夜晚
展现了瑰丽的幻景
星星在闪动　在上升
无数只草原的手
撩开蒙古包的窗巾
为了倾听马头琴
流出新的理想的颤音

草原上绽开了
牧羊女花朵般的心灵
栏栅里羊群静卧在星光下
一团团夜里飘来的白云
骆驼悄悄地打着响鼻
在梦里嚼碎了戈壁的风声
猎人骑着马走了
闪烁着一双双沉醉的眼睛
我独自走在小路上

也像夜空一颗快乐的流星

草原啊　不是幻象

这里是一座翠绿的不夜城

四

啊　我的手指

按动电钮

黄昏立刻化成白昼的光明

草原的月亮微笑了

撒下无数颗星星

八月新鲜的绿草起伏

像大海在欢畅地呼吸

啊　星海的光的波浪旋起来吧

溅湿我的长发

我的胸脯

我凝望草原的微笑的眼睛

　　　　　　　　1985 年写于西北

草原沸腾了[①]

胡耀邦总书记视察了我们青海共和县倒淌河公社甲乙大队。草原沸腾了……
——摘自牧区女教师1983年8月手记

一

从我的眼睛的深处
你看见了草原暗红的月亮
千万颗星辰在夜空中歌唱

从我血管的激流里
呼啸着欢腾的节日
太阳呵快从翠绿的草海上升起

五彩的帐幕前
铺上了猩红的坐毡
尊敬的席位在鲜花中间

肥羊宰杀在血盆里
青稞酒盛满在银壶里
美味的奶茶煮在锅子里

[①] 《草原沸腾了》初刊于《飞天》1984年11期,题记在《唐祈诗选》中被删去。

二

他从太阳居住的城里来
跨过多少座光辉的省界
走遍了高原的峭壁和山崖

他看见雪山泉水汇成的绿海
驰过晶盐铺成银色的地带
青海草原装进了他宽阔的胸怀

老牧人谈他经过长征的路
猎手说他代表中国走向世界
藏族孩子问他会不会到这垯来

祁连山向他慈祥地微微弯下腰
柴达木马达轰鸣向他作现场汇报
他渴望西部早日投向二十一世纪怀抱

三

哈哈！草原沸腾了
他来到我们草原最远的一角
真像个亲戚呵见人就招手问好

我们的村落忽然像孔雀开屏
美丽的传闻飞过了青海湖滨
日月山亮起了一片耀眼的红金

我们的村落最偏僻最小
隐藏在草原深处谁也不知道
他来了,牧民做梦也想不到

人群像八月热情的潮水
盛装的妇女佩戴着银饰和珠翠
老人的眼窝含着感激的喜泪

我们献给他洁白的哈达
他蘸上青稞酒的手指轻弹了三下
千百声欢呼像甘雨在阳光里飘洒

他亲切的言谈像亲人共话家常
那含意却像一片深邃的海洋
未来的草原真会变成一座金矿

那些铺天盖地的牧人呵
承包着牛羊和欢快的马群
富足的草原就从春天里诞生

呵　新建的牧民村落
将如夜空闪烁的星座
永远抛弃那背上结冰的帐篷生活

我将如草原快乐的风

牧区学校响遍洪亮的电钟
科学会使人们攀上现代的高峰

呵　这不是我神奇的童话
我看见了充满理想的实干家
草原描出了新世纪的图画

呵　草原沸腾了
青海湖的绿浪沸腾了
我歌唱的西部高原沸腾了

初雪的黎明①

我从初雪的黎明中惊醒
额吉在牛粪灶火边轻轻地轻轻地走动
银调羹在奶茶碗里叮叮响
梦里我听见了月光下的驼铃

喝，蒙古包外
初雪飘下来飘下来
静静的沙漠变成了一片白色的海

我的梦似乎还没有醒过来

---

① 《初雪的黎明》初刊于《阳关》1984年第4期。《唐祈诗选》所注写作时间有误。

梦见回乡探亲的女舞蹈家
在蒙古包前的空地上
给额吉们跳起大雁舞
手臂抖动得像水面上的白色羽翅忽闪忽闪
扇起了草原深深的乡情深深的乡情呵
额吉们感动地抽搐着肩膀哭了
她们因感动而流下的眼泪比因痛苦而流下的
多得更多呵,手指直在右胸前哆嗦
想起她小时穿着红长袍的童年
回忆　一连串的回忆
像干牛粪烧起的一缕一缕青烟
昨天　昨天她又骑上骆驼走了
故乡的雪花会一路飘落在她的
温柔的长发上圆脸上和垂下的眼帘

雪地里驰过三辆大型机动车
留下几条深黑的车辙
像黑色的蛇
消失了

冰冻的湖边
繁忙的工地融化了冰雪
一幢幢大楼的轮廓
像孩子玩的魔方和积木
一夜间堆得多高呵

雪花在飘飞在飘飞
来了一串冬猎的蒙古马队
狐皮帽檐下
一双一双猎人机警的眼睛
东看西看
猎枪上的红布条一闪一闪
他们进山了

雪在静静地飘落
我的勘探队肯定会来
会像骄傲的骆驼
舔着雪花走过大沙漠

1985 年冬写于西北

黄昏中的沙漠

两个蒙古姑娘坐在金黄的沙上
金黄的沙纹像不流动的波浪
她们的黑眼睛里闪着火
凝看着那匹傲慢的母骆驼

凶狠的母骆驼耸起的双峰毛茸茸
像两座暗褐色的小山峰
它不许小骆驼靠近不许靠近
鼓胀的白白的乳汁在沙上滴落

不顾瘦弱的小生命整天饥饿

两个姑娘站起身
颤颤抖抖的嗓音唱起了劝奶歌
唱啊唱啊
母骆驼跺着厚厚的肉蹄
扇动白鼻孔喷出怒气
小骆驼在它叉开的后腿边
毛绒绒的小东西吓得哆哆嗦嗦

歌声在旷野多么仁慈多么柔和
太阳悄悄落下了远远的山坡
黄昏伸出人们看不见的手
把天边的白云像破棉絮扯碎成一坨坨
牧人走远了
羊群牛群走远了
只留下两个姑娘
两匹不和睦的骆驼
在这静静的沙漠

歌声揉进黄昏像泉水渗入干涸的湖泊
姑娘的泪水润湿了干燥的沙漠
骆驼的母性在歌声中回来了
它两只半睁半闭的眼睛
仿佛梦见草原上鲜艳的花朵
小骆驼的嘴唇吮着乳头

它不说话,姑娘懂得它们的快乐

神奇的蒙古劝奶歌
晚风中升起又飘落
再没有比这更美的
黄昏中静悄悄的沙漠

1985 年冬于西北

祁连山纪事

白茫茫中一条山路
勘探队消失了
剩下我和你

雪堆里两只黑鸟
张开翅膀
扑登着飞上白色的天梯

几点钟了？天这么低
雪粘上你的眉尖
我心里升起回忆
家乡早春梨树上花瓣的艳丽

我向山顶呼叫
（队长在黎明走得太早）

只有山风,回答你
吹不掉你嘴边的笑意
背包凸起的仪器没损坏
水壶里的水不响了
锅饼冻成了冰块
风,一堵厚墙啊
雪花挤压着身体
我挽紧你棉袄裹住的胳臂

灰云里,厚厚的灰空里
又哪来两只鹞鹰
穿过风雪向下飞
我们却在积雪里拔起靴底
一步步攀上雪山白色的天梯

伊犁组诗[①]

伊犁秋色

田野的金黄倾诉自己的成熟
阳光照着它柔软丰满的肌肤
麦垛垂下头站在那里默想生命
仿佛疲惫却又惊喜的产妇
微笑地望着秋天的伊犁河谷

暴躁昏乱的夏季已经结束
白杨过剩的精力在枝条上抽搐
饶舌的树叶找回了冷静的思路
狂放激愤的河水变得驯服
谦逊地流经它嘲笑过的树木

波浪的牙齿变成了河滩的礁石

[①] 《伊犁组诗》初刊于《星星》1987年6月号,共《伊犁宾馆印象》和《访林则徐故居》。

多声部合唱渐渐在风中消失
葡萄园的绿叶覆盖得仍很严密
热瓦甫伸长着喉管藏在树丛里
期待着黑夜新鲜的故事

向 日 葵①

金黄的向日葵
大地上
最早觉醒的眼睛

向日葵追寻
太阳的脚步
它听见太阳辉煌的
呼喊
声

让戈壁上
死去的骆驼站起身
去走完风沙埋葬了的
旅程

草原上失恋的姑娘
把阳光编进发辫里

---

① 《向日葵》初刊于《诗刊》1987 年 10 期。

骑上马　去喊醒
坟墓里的情人

金黄的向日葵
大地的眼睛
它以人类的思想
燃烧自己和别人的心灵

1985 年写于伊犁
1986 年 10 月定稿

访林则徐故居

四棵高大繁茂的橡树
飞来一群南方的鸟
它们宁静得像绿色的树叶
把你低矮的屋檐耐心寻找

我来寻访你在伊犁的步履
找到的却是我内心飞溅的泪雨
权力从来握在卑鄙者的手心
高尚者总被流放到边远的监狱

你从虎门黑色浓烟中贬谪而来
塞外羌笛一声不怨把道路让开
苍茫的戈壁对人生默默地忍耐

昏暗的世界你掀开大海般的胸怀

天山最后完成你无畏的形体
人们至今在橡树前向你膜拜顶礼

伊犁宾馆印象

黄昏有着烤羊肉的气味
弥漫在大理石的餐厅里
夏天的落日光
迟迟爬满了落地窗
正是八点钟
人们渐渐散去
悠闲得像河里的游鱼
阴暗的大树湿得滴水
只有情侣散步在小径上
披着浓密的绿荫
楼上谁在关窗子
阵雨骤然响起
大树用愤怒的方式暗下来
把落叶交给风
旋转　　旋转
列宁的塑像①永远在沉思
白天　黑夜

---

① 伊犁宾馆在五十年代为苏联使馆，曾立有列宁半身雕塑，至今还在。（原注）

仿佛从不曾停止
绿藤爬满的墙外
哈萨克农民驾驶拖拉机
穿过黄昏的大街
像一群奔马扬着黑蹄

1985 年 8 月 10 日写于新疆伊犁
1986 年 11 月 20 日整理定稿

晚　餐[1]

三个写诗的姑娘
一个长头发络腮胡子的青年
和我,在屋里晚餐
喝金黄色美味的番茄汤

"吃着,
喝着,
生殖着……"[2]青年在朗诵
越念越响
仿佛惠特曼就粗野地坐在我们身旁

我推倒了墙
我凄惨的双脚走向旷野
一片布满黑卵石的戈壁上
我和大胡子青年,终于
找到了笑得出声的太阳

---

[1] 《晚餐》最初以《诗三首》为题初刊于《诗刊》1988 年 6 月号,另两首是《雪橇飞驰》和《荒岛》,见后。
[2] 惠特曼《自己之歌》中诗句。(原注)

雪橇飞驰

> 没想到二十年后
> 我又来北大荒旅行……
> ——摘自日记

雪橇飞驰
像一粒钻石划破玻璃

北大荒的冰湖
银灰色的镜面
照亮了地平线

雪,用手掌抛洒
谎言,它像碎石飘落
打击我的肩胛
让我变成白色的头颅
心,比白石灰还白

雪紧紧抓住芦苇
越下越厚,从睫毛
到膝盖

可是大树竟轰然倒下了:
没有风,没有雨,没有雷电,
属于黎明的,
只有诗一般的云霞和画一般的朝露。
起始平静而缓慢:
像思虑,
像叹息,
像鸟雀嬉戏奔逐。
接着,
是一阵颤栗伴随一阵抽搐。
在举臂作出一个短暂的稳定之后,
就开始了触目惊心的旋转和倾覆。
那气势,
那声响,
那力度,
使崩溃雪山也形同孩子手上的玩具
积木……

在大树那创巨痛深的所在,
人们发现了一个蛀虫家族。
作为现实它最受历史重视,
作为历史却最为现实疏忽:
为什么蜷曲在阳光下的凶杀犯,
竟然好似一颗完美无瑕的珍珠?
葳蕤的枝叶徐徐垂下,
仿佛古典悲剧徐徐垂下帷幕。

——它是铜像,
不再是树。

没有一只鸟
天空朝我崩塌下来

雪橇飞驰
风告诉我
湖水隐藏的罪恶
在黑暗的冰层下
像麝鼠的贼眼
仍在闪烁

奔驰在冰面上
我最后的一只雪橇啊
多彩的阳光下,刺痛人心肠的
快乐,在冰冷的火焰中燃烧

一九八九:四月诗抄[①]

诗 歌

诗歌如同白夜
　露珠在草叶间闪光,
　　梦幻者眼中朦胧的
　　　晨曦。

　荒野中盛开的玫瑰
　烧不尽的火焰,像吐出的
　　血液,飞溅大地。

白夜的阴影里,
　一声牧笛,
　　心在颤栗。

[①] 《一九八九:四月诗抄》初刊于《飞天》1989年7月号。

艺术楼窗口

美妙的歌喉
　在夜风中颤抖
　　那扇艺术楼的
窗口

　　街道　幽蓝
　一串模糊的问号
在风中

把歌者寻找
　　黑暗　吞没了
那扇窗　街道空旷

我像在海上　飘荡
　听到鲛鱼
　　在黑暗中歌唱

漂泊者

那座月光下的收容所，
收留着我的想念和寂寞。
从此我一无牵挂，
走向远方漂泊，

像一个僧人
向奇幻的人世托钵。

海滨浴场

地平线变成了画框
海水湛蓝,
托起一个光亮的
裸体画展。

水中学会鱼的眼睛,
看似一条鱼在游。
浅黄的沙滩上铺满金色
  阳光,
每个人看着自己赤裸的
  肉体,
忽然温柔地发现
造物主的上帝竟是多么
  神奇。

海浪泛出深蓝
白鸥在水面低低地飞。
不再去暝想上帝
和人类,我触摸自身
原是这伟大的自然。

坐在扶手椅中的女人

她的倦怠流淌在白嫩的手指尖
乌黑的长发披散在左肩
像一堆黑色的云雾,掩盖住
她那深邃发亮的双眼。
夜的急速的脚步,
刚走过绝望的窗帘,
黎明像个吝啬的债主
只肯留下一缕灰白的光线。
她坐在扶手椅中,
忍受永无止境的秋天。

窗外鸟声沉寂,
落叶在冷风中叹息,
梦中那条明亮的小溪干涸了,
桥边还有谁踏着露水的脚迹……

不再留恋这座高楼,
既然爱情不能愈合伤口,
死神会伸出苍白的
手,将她悄悄地牵走……

黄河北岸斜坡上的泥屋

黄河北岸斜坡上的泥屋
望着远处阿拉伯白色圆顶的建筑
灰蓝的河水流过严冬
白塔在阳光里咀嚼着孤独。

岸边站着一个穆斯林女教徒
在向皮货商买件羊皮筒做衣服
偶尔谈几句天气(最大的一场雪刚过)。
她的眼睛凝望着那一列火车,
黑蛇一样钻隧洞,
(正是女儿去的远方,她想招手)
一声汽笛!一簇白烟。一片风。

斜坡上泥屋的近旁,
一群牧归的绵羊挤成堆,
飞土把白毛变成浅灰,
鞭声中羊群向后山奔走,
踢踏,踢踏,踢踏……
越远越像一团看不清的风沙。

第四辑　十四行诗 (1976—1989)

悲 哀[1]

——缅怀诗人何其芳

啊,告诉我,悲哀是什么颜色?
像花圈的素白?臂纱的深黑?
悲哀是什么声音?像轻轻滴落在骨灰盒上的眼泪?
还是一颗痛苦的心在雨夜花瓣一样被撕碎?

难道一切就再也握不住了,如你渐渐冷却的手掌?
再也见不到了,永远消失了的你柔和的目光?
你向上的灵魂是一棵不应凋零的柏树,
暴风雪摧残你,纷纷的落叶使我满怀凄怆……

啊,告诉我,悲哀是什么情状?
飞蛾用彩翅扑向烈焰化成了火光?
冲锋的战士突然遗落了还击的弹药和刀枪?
太阳出来了,你却含恨过早地死亡!

啊,我从你爱人的忧伤的面庞,

---

[1] 初刊于《诗刊》1979年11月号。

读到了你临终未写出的悲哀的诗行……

1976 年写于江西兴国
1979 年写定于北京

附记：一九四六年夏，其芳同志在重庆指导剧运时，常来我观音岩住所。有次谈到他早期一首诗《欢乐》。他戏言欢乐的诗也许好写，悲哀的诗却是令人哀痛的。一九七六年我在江西兴国山中，突然听到他不幸病逝的噩耗，悲从中来，不能自已。依《欢乐》那首诗的问答形式，写下这首十四行诗，以寄哀思。

十四行诗(二首)[1]

一

你走过的道路对我们并不生疏,
我们追赶你却有一段很长的路。
我们把你的精神溶进了新长征。
你是黑夜出现在天空的启明星。

你受了党——我们伟大母亲的抚养,
她输送给你血液和呼吸,从那黑暗的牢窗。
当你英勇地走向刑场:你永生了!
魔鬼们颤栗地看到了自己的灭亡。

母亲蒙受的冤屈在你眼中是无尚光荣,
她把我们的斗争溶化在你的斗争中。
你的眼睛发射出曙色般的清辉,
为的是千万人心中隐藏的眼泪。

---

[1] 初刊于《北京文艺》1979年12月号。

现在,人们看见你明亮的温柔的笑容,
怎能忘记你在黑暗中被割断喉管的悲痛!

二

你的灵魂在真理的碑座上挺立起来,
监狱的那一角已变成了辉煌壮丽的世界。
你走进死寂的刑场,神情无比的从容,
地心在你脚底下深深撼动。

你啊,为后来者倾注了多少革命的深情?
你的歌曲难道不是啼血的杜鹃的声音?
你的月光似的微笑,透过铁的栅栏,
依然照耀那熟稔的土地,孩子们欢跳的草坪。

永远失去了你,我们能不悲戚?通过你
革命者的艰辛、尊严和美丽,都会从内心升起,
当未来的狂风骤起,波浪耸立,
你会教我们去认识,而你将更焕发新的意义。

啊!你未完成的事业正在新的长征中兼程行进,
我们将沿着你走过的雪地上找寻你滴血的脚印。

钟

——写给少年们

我们每天生活喧嚷奔忙
很少去听"嘀嗒、嘀嗒"的钟响
它却不停地带走日影和月光
有时悄悄向你告别一声"呣呜……"

但是,一个钟头有六十分钟
一天就有一千分钟以上
如果明白这个浅显的道理
就知道人能完成多少美妙的理想

抛弃时间的人,时间也把他遗忘
如果从小珍惜它一声声清醒的音响
——当作构成生命的材料那样
时间会谱出生命最动人的交响乐章

人的一生有多少时光,记住:
每分每秒都应当是争夺的对象。

1979 年 12 月于北京

草原(外二首)[1]

草 原

看哪,大草原起伏的胸脯上,
帐篷像点点白帆,在太阳下闪光。
它们是波涛上的船只,
向绿色的大海启航。

这是多么奇妙、和谐的景象,
圆圆的蒙古包不远,驻着藏胞褐色的毡房。
羊群比云彩还多哩,牦牛像静默的小山冈,
不同音调的号角一同吹响在草原上。

爱歌唱的藏族少女放下长圆的奶桶,
手掌托在嘴边,一串颤音比银铃更嘹亮。
天幕下像闪出一排离弦的响箭,
一队蒙古青年把红野马牵来了牧场。

---

[1] 《草原》初刊于《北京文艺》1980年8月号,有《青海民歌》《哨兵》两首。

草原的鲜花在阳光雨露中怒放,
那花朵的芬芳从草地飘香到山上。

青 海 民 歌

　　　　阿丽玛考上民族学院了,
人们为她愉快地送行。
　　　　　　　　——手记

俊俏的十八岁的阿丽玛,
头上戴的是红殷殷的花帽子,
身上穿着紧身的青袷袷,
啊伊!撒拉族姑娘的一朵花。

她两只黑亮的眼睛明溜溜,
就像醉人的两杯酒;
她的目光无意触碰了一下谁,
那颗青年的心就会让烈火烧成灰。

牦牛怕走的高山阿丽玛从不后退,
山羊难过的峭壁她步行如飞,
阿丽玛的珍宝是她的智慧和山歌,
唱得麦田掀绿浪,百合花一夜开满了山坡。

阿丽玛哟,你坐上绿色的火车上北京吧,

带上撒拉族的祝福,还有青年人的心……

1980年于西北

哨 兵

哨兵,站在天山的崖石上,
脚下是长年不化的冰霜。
哨所临近疆界,异邦一片阴森的景象,
你心里更加热恋自己瑰丽的故乡。

哨所的窗子是祖国的眼睛,
你注视着西伯利亚森林传来的一丝动静;
不怕它狂风呼啸,暴雨突然来袭击,
你的思想中充满了锋锐的武器!

你守望着天山牧场的羊群,
像千万颗珍珠从山坡上滚落;
维吾尔少女从窗口闪出微笑的眼神,
装满葡萄的卡车从公路上驶过。

静静的月光下,你守护着祖国的和平,
像孩子怀恋着凝望在家乡屋门口的母亲。

1980年3月写于西北高原
4月写定于西北师大

画 梦 录

这只梦中的画箱
将落到你的身旁
一幅幅彩色的图像
呼唤着原野上的太阳

一场初雪闪着白光
森林中孤独的小房
你靠在窗口守望着
丁香白色的忧伤

夜幕下地面铺满黑影
树林渐渐黑了
鸟也黑了

你像月亮升起在我心中
太阳吞噬掉的颜色
你却画出了我的梦

寄

——赠台湾胡品清女教授、诗人

你曾在诗里说自己,
台风夜待月草是你的名字。
在生之旅途中,也有
坎坷的野径,丛林,严冬的梦……

海峡的风吹来你的语音,
蓦然间,我回到葆灵那一片绿荫,
月光照着你清丽的黑色身影,
那季节,我们像夏蝉一样年轻。

南方的白云在记忆中浮飘,
赣江桥下的流水从不衰老;
青春刻下的心痕,
暮年也不会抹掉。

我知道你是大陆的一棵"勿忘草"
正像我在世界上把你寻找

附记:品清和家姐佩兰在1936年前都在南昌葆灵女中读书,是同窗挚友。我当时在男校豫章中学。在校时品清已显露了出众的才华。岁月如流,五十年后才又读到她的诗,惊喜交集,浮想联翩。而今我们虽都已作教授,但海峡阻隔,音问不通,佩兰姐又早已谢世,无缘重见,回想青年时代难忘的欢乐情景,悲从中来,诗以寄赠。

三 月

三月　从濛濛细雨中醒来
小溪在绿草间摇摇摆摆
泥土黑得像煤块
河上出现了木排

当我攀上果园的了望台
风　想吹起一场火灾
燕尾把晨雾轻轻剪开
春　正向我的心扑过来

杨柳飘出白茸茸的花絮
绿叶间传来动听的鸟语
桃林欢笑着剪枝的少女

枝头紫褐色的花蕾在期待
生命在静悄悄地孕育　裂开
一座园林一个希望的世界

1982

葡　萄[1]

我来自遥远的吐鲁番盆地
内心燃烧着太阳的火焰
把根深深伸进南方的泥土里
翠绿的叶掌伸向蓝天

日夜啜饮着大地的津液
我捧出透明的玛瑙、珍珠
芬芳的蜜汁在我心头流溢
渴望融化成酒的甘露

愿我的珍珠落在恋人的手指间
愿我的乳汁滴在婴孩的舌尖
愿我的养料喂入病者的唇边

啊，我爱滋润沙漠旅行者的饥渴

---

[1] 初刊于《星星》1982 年 7 月号，另有《石榴》。

我爱把浓酒变成人间的欢乐
我爱献给人类珍宝的收获

1981

石 榴

你举起高傲的头颅,
智慧的额角像石头般坚固,
你沉思在灼人的炎暑中,
像个智者一样成熟。

你的花朵曾似烈火盛开,
寻求的却是诚实的胸怀,
孕育无数颗珍珠宝石,
封闭着晶莹的内心世界。

你在绿荫里隐藏,
为秋天储满纯净的汁浆,
只爱守护着静静的月光。

当暴风雨来临,
你尖硬的枝叶挥舞起臂膀,
向一切围攻者勇猛抵抗。

猎 手[1]

他的目光被弦上的箭
早射向草原的尽头。
交错的阴影里他能瞥见
黑暗草丛中一只黑色的野兽。

寂静和狂暴都像草原风雷,
他小心翼翼在危惧中守候;
凶险的虎豹能把人的骨肉撕碎,
生命原是一场意志的搏斗!

他的棕褐色面孔像岩石刻成,
深深的皱纹里隐藏着青春,粗犷的力,
在闭锁的浑身肌肉中隆起。

现在人们对他惊奇:

---

[1] 初刊于《诗刊》1981年5月号,另有《一个裕固族姑娘》。

看见他从未珍惜的青铜的肢体，

舒展在帐篷的爱情的夜里。

1980年11月3日写于西北高原
1981年1月28日夜深写定于兰州

一个裕固族姑娘

姑娘刚落地时,母亲的忧虑啊
像湿柴焖的一缕缕黑烟;
悲伤的眼泪像瓦檐上的雨
整天整夜流不断线……

姑娘长大了,声音却比蜜甜,
像鸽哨系在飞鸽的翅膀里;
她唱得太阳不愿落西天,
歌声能把草原从月光下托起。

命运的风把她吹送到北京,
玻璃般晶亮的台上唱起歌,
玫瑰的嘴唇把花瓣从空中摇落。

在人们的心中震颤,大地上
唯有她的歌声在赞颂,在庆祝
(母亲听到)她唱醒了一个古代的民族。

戈 壁 滩[①]

戈壁滩上空的云彩,
变幻奇妙的神仙世界;
一万尺彩虹的锦缎从高空垂挂,
银白的飞雪却在黄昏飘落下来。

燥热的气温骤然间下降,
石头在夜间发出冻裂的奇响。
骆驼黑影起伏的山堆旁,
人们守住篝火温暖的亮光。

帐篷里仪器在深思默想,
锐敏的眼睛和耳朵伸向远方,
无边的夜空中探索神秘的气象。

队伍在早晨深入戈壁,

---

① 初刊于《星星》1981年5月号。

领航的骆驼感到骄傲和惊奇:
当晨风轻吻着背上这朵火焰似的旗。

1980 年 12 月写于兰州

天 山 情 歌[①]

  抒情诗是从心灵里唱出来的歌。它像燃烧在内心的火焰,不断燃烧自己,点亮别人。许多诗人的火焰燃烧在一起,能映照出时代社会的面影,闪耀出人民精神的光芒。

  抒情诗总是用形象、画面、境界来表现感情和生活的,它不但需要激情,更需要思想和生活经验才能化为艺术结晶。不能忽视艺术规律和技巧。我们尊重我国优秀的传统,也吸收外国有益的营养。我尝试用西方传统的十四行诗体来表现我们生活的画幅,我以为外国的诗体形式是可以经过试验、改造、可以移植的,以丰富我们的诗歌形式。

    闪光的金子在红沙滩,
    我要作成你鬓角的一双耳环;
    无论你走上多远的草原,
    都听见我在耳边轻声呼唤。

[①] 初刊于《上海文学》1981年11月号,同组有《阿丽库伊》。该诗《八叶集》和《唐祈诗选》均收录。《八叶集》中的写作时间为"一九五一年"。《唐祈诗选》为"一九八一年一月四日"在第二节二行"心灵"之前加"有"字,"海丽姐"改为"阿丽库伊"。

花园里青青的古拉斯蔓,
心灵的泪水浇它永不会枯干;
你两颗晶亮的黑葡萄一闪,
我会歌唱一百个夜晚。

你娇小的身影像水边的嫩柳,
红莹莹的唇齿像绽开珠宝的石榴;
啊,我这一颗碎裂的心为你所有。

请答允我一个秘密的愿望:
只要聪明的海丽姐在我身旁,
心又会变成一轮春夜的月亮。

1981 年 1 月 4 日

阿丽库伊

毡房里留下了你的声音,
花一般的微笑撒满了我的心,
我快乐又忧伤啊,当我瞥见
你走远在月光里浅浅的脚印。

难道你真的闯进了我的生活,
像阴暗的天空飞来彩云一朵,
为什么你刚一离开我,
心就变得这样恍惚,寂寞……

啊,当我们的心和心相遇,
只有天上的电火才能比喻,
快点落一场久旱的暴雨吧……

毡房里,我在梦幻中等待,
阿丽库伊踏着月光,
在黑暗的草原轻轻走来。

1981 年 1 月 22 日夜

西北十四行诗组[①]

阿克苏草原的夜歌

阿克苏草原的夜啊,篝火旁
烤着火的是我爱的那姑娘;
金色的火焰把她的长发照亮,
像一朵花闪在墨绿的草海上。

寒冷的夜风吹自黑暗的山崖,
她拣来的红柳不够燃烧,
拿去吧,我的心和冬不拉,
它会是你心中永不熄灭的火苗。

草原啊,这样奇异和美妙:
看见她,像只金鹿在梦中欢跳,
不见了,空虚就落满我的怀抱。

[①] 《西北十四行诗组》初刊于《安徽文学》1982 年 7 月号,有《阿克苏草原的夜晚》《放牧谣》《天鹅》《冬不拉的歌》四首。

啊,爱情难道这样苦涩,
像我手指间颤栗的琴弦,
同一个音响在两颗心中沉默。

放 牧 谣

——一个边疆知青手记

放牧的毡蓬里,月光
把我唤醒了,
(还是我梦见了月光?)
我听到她在远处低唤着牛羊……

太阳照射到牧场,
我把热情的牧笛吹响;
天鹅从水边飞起,
羊群像翻滚的白浪。

五月白色的花朵开放,
雪水在山谷喧响,
直到晚霞燃烧我的脸庞。

那棵白杨树旁
不由得心慌,用刀刻下的
名字,就像她的辫子飞扬……

天　鹅

　　天山南麓巴音布鲁克大草原 2500 米海拔的中央,有美丽的天鹅湖,风光如画,启人遐想。

——手记

天边刚露出宝蓝色的晨光
静谧的暗影凝滞在湖面上
两只天鹅浮起洁白的花朵
湖水吮吸羽翅下的芬芳

芦苇在水边瑟瑟低响
春天把秘密藏在水岛的洞旁
天鹅颈下一团白色的火焰
燃烧着我幽暗的心房

天山的云彩被雪水洗过
野草上露珠熠耀闪光
天鹅用快乐把世界遗忘

天鹅的眼睛有时也忧伤
如果这一只不幸地离世
那一只也将哀鸣到死亡

1981 年 5 月写定于西北

冬不拉的歌

一个维吾尔族歌手的心曲,
冬不拉琴弦上流出来的诗。

你在我的秋天里
射来一缕明亮的阳光
让我看见鲜花开放
鸟雀在白杨树梢歌唱

渐渐地消失了十年的忧伤
欢乐的血液重新在周身流荡
你无形的手指按抚在我心上
打开了我收摺的翅膀

我的温柔的沉默
将触到你黎明醒来的前额
像冬不拉胸膛里响起了最美妙的音节

昨夜做了什么梦?告诉我
你可见到月光照耀的湖面
爱情的轻舟已驶近你的脚边

1982 年 2 月,兰州

西北十四行诗组[1]

草原夜曲

我回来了。这草原的夜晚
静谧、空旷、幽暗,
青色的月光迷濛,
将世界早早催人睡梦。

夜,凉水一样从草上流来,
流到没有人的地方去了;
牧棚的栏栅投下千百条阴影,
月光挤在羊群身上打盹。

我的伙伴们拎起铜酒壶,
阿丽库伊唱起谣曲跳起舞。
醒来的人们结成了快乐的家族。

---

[1] 《西北十四行诗组》初刊于《飞天》1981年10月号,有《夜曲》《草原小路》《那棵红柳树旁》《恋歌》四首。

啊,草原还有许多荒凉的地方,
我们的脚步跟着骆驼的蹄印延长,
直到建筑起每一个黎明的村庄。

草 原 小 路

——一个老邮递员手记

我早就熟悉草原的小路,
清脆的驼铃拨开早晨的迷雾,
骆驼昂着头一上一下默默地举步,
把我驮向沙漠的深处。

我看过多少年前黑暗的帐幕,
戴镣铐的手打好锁链交给牧主,
铁匠妻子低下眼,两片结冰的湖,
我不愿说话,从早晨坐到中午。

我把骆驼拴在市集旁边,
铁匠和妻子早已不见,
也许生活在繁华新城的居民点,
小路也已蜿蜒在高压线铁塔下面。

我从每个绿色邮筒取出信件,
又把幸福的花瓣从小路向四方撒遍。

那棵红柳树旁边

我认识草原的姑娘索尔先,
她的蒙古包就在红柳树旁边,
她怎能想到我会忽然出现,
思念,像一朵白色的火焰……

一颗流星划过天空,
静悄悄的草原,驼铃就像一口响钟,
我的心呀,像一片乱飘的白羽,
只愿夜风吹到她耳边轻轻低语。

我的骆驼都感到惊奇:
勇敢的猎手会变得这样迟疑,
它呼出粗气跺着黑色的肉蹄。

我怀疑自己是在梦中,
既然我悄悄来过,
何必把梦见我的索尔先惊动……

1982 年写于西北

恋　歌

——一个边疆知青的十四行诗

难道风拉紧了你的手,
再多一刻也不肯停留;
长长的沉默如黑暗的春夜,
心却在温柔地守候。

天山下蓝色的湖水,
纯净得照见飞鸟的影子,
深沉如一支歌曲,
你的形象在湖上缓缓升起。

愿重逢尽快来到,
我已是一片孤帆,
暴风中寻找你的海岛。

我在绿色的海浪中漂摇,
告诉我吧,为你沉重的负载,
爱情的轻舟可会翻掉?

1981

牧　归

一串震颤的驼铃，
把草原的黄昏轻轻嚼碎；
雪花飘落在牧驼女的脸上，
像白蒙蒙的一朵红玫瑰，

骆驼喘息在帐篷外，
驼峰凝成了紫黑色的冰块。
雪原上，一队猎手飞驰，
两只苍鹰在灰色天空中消失……

牧驼女点亮羊脂灯，
夜来了，升起犬吠、人声……
奶茶在灶火上沸腾，
帐篷里回荡着无线电的乐音

听啊，草原牧歌令人心醉：
白蒙蒙的一朵红玫瑰。

1980 年 12 月写于内蒙旅途中

虹

虹,出现在暴风雨后的晴空,
辽阔的草原染成一片绯红,
牧人的歌声在天际喷涌,
将黄河的波浪轻轻掀动。

牧人的歌呵,飞翔在祁连山顶,
飞越过银白耀眼的雪峰,
啊!他们像探索春天的鸟群,
愿把巢窝筑在高原的暴风中。

虹啊,你是太阳的折光,
像一条七彩的飘带,从草原
到河岸,照亮千万座褐色的牧棚。

我是牧民的儿子,
我的歌从不离开太阳,
永远像虹一样明亮、鲜红

1982 年 8 月写于西北

红　柳

枝繁叶茂的红柳啊,
风沙中挥舞火焰般的手臂,
你那充满生机的树根,
深深扎进高原的沙土里。

任凭飞沙卷天盖地,
乌云闪电从黑夜袭击,
暴风雪寒冷的牙齿啮咬你,
红柳呵,像战士在岗位上挺立。

当驼队向沙漠航行,
浓荫里我贴近你沉静的树身,
聆听你絮语着希望的声音。

红柳啊,你是我的榜样,
生命有时遭到霹雳电火,
仍然高举着头颅傲然向上。

　　　　　　　　　1980 年 12 月 11 日

风 和 黎 明[①]

草原刮起大风

帐篷在摇动

一只无底的小船

沉没在绿海中

风把灯吹灭

黑暗吞噬我手里的书页

无数野兽在奔逃

风在咆哮

我在梦中吗

地质队员的鼾声像铁砣

在梦和醒之间起落

我慌忙逃出帐篷外

---

① 初刊于《长安》1984年12月号,同组另有《记忆》。

黎明中走来驮水的骆驼
告诉钻台和我都存在

1982年8月写于甘肃河西走廊

记 忆

——读林风眠的静物画

我的记忆这样牢固
像沙枣树根伸进沙砾深处
没有湿漉漉的泥土
没有一滴温柔的雨露

风沙把荒漠掩盖住
却掐不死这棵沉默的植株
生命的花朵在痛苦中绽开
成熟的记忆会比石头坚固

没有人知道根须的滋味
为了萌发初春的蓓蕾
甘愿在宁静的黑暗中守卫
欢乐中渗出苦涩的泪水

也许只有一个人知道我的记忆
正如我常随便走进你的梦里

烟　囱[1]

从前,这里是塞外的漠野——
大漠孤烟直。悲凉的驼铃在黄昏中摇曳
现在,到处升起高大的烟囱的黑树林
把人们突然带进工业化神奇的梦境

我闻到石油的芳香,从大地深处
钢钻的手指触到它褐色透明的液浆
积压在石山脚下,亿万兆吨煤矿
烟囱倾吐了乌金破土而出的炽热的愿望

高压线宛如葡萄藤缠绕着栉比的工厂
银灰色的铁塔昂首向高空眺望
烟囱,像工业的森林延伸到玉门、河西走廊
塞外披上了比"丝路花雨"更华美的新装

烟囱,你喷呼怒涌的不是烟雾
啊,你向上飞腾,猛追现代化的速度

---

[1]　初刊于《诗刊》1980 年 9 月号,另有《黄河》。

黄　河[①]

河岸搭起了数不清的篷帐
像洁白的花朵在黎明开放
黄河浑浊的水波在低声喘息
仿佛流着暗灰色沉重的铅液

它在荒原中等待了千百年
也许就为了梦想神话般的今天
钢铁巨臂一下把大山劈开
汹涌的河水忽然在峡谷奇迹般出现

拦河坝上的灯光像座不夜的城
飞流的斗车在夜空落下宝石和星星
在机器的轰鸣中人群从黑夜忙碌到天明
把黄河擦拭得像一面发亮的铜镜

[①] 初刊于《诗刊》1980年9月号。《唐祈诗选》所注写作时间为"1984年写于刘家峡水库",有误。

黄河将从水库的清泉中缓缓流出
河水在沙漠里也会变成沁心的甘露

1984 年写于刘家峡水库

兰　州

我冬天来到你这里,不是为了赞美
你高高的白杨树上挂满的冰绡霜花
也不是为了欣赏那白雪纷飞
它把七座黄河大桥蒙上一层轻纱

也不是为了瞻仰你山上耸立的白塔
节日晚上全身缀满珍珠,宛若在夜空悬挂
也不是为了清晨走在你笔直宽广的大街上
我伸手能握住一把高原灿烂的阳光

我是个南方来的平凡的歌者
只为了探求你不平常的瑰丽的宝藏
看你从过去荒凉的谣曲中
如今鸣奏出现代的交响乐章

今天,我要歌颂你的光辉的形象
这座壮丽的城市已成了西部的心脏

1980 年 1 月兰州

羊皮筏子[①]

像一块棕褐色的破布
一片树叶在水上飘
空羊皮和湿漉漉的柳木条
驾驶着万顷黄浊的波涛

浪花溅湿了我的脚趾我的腰
我的皮袄灌满了风的喊叫
划筏子的老人眼里噙着泪水
泪水流出了迷人的歌谣

呵,我年轻的影子早丢失在水中
河上已不见筏子和老人行踪
我认识黄河也许他早忘记了我
当我的白色汽帆船飞掠而过

筏子的谣曲永远在心中升起
从一个世纪到另一个世纪

[①] 初刊于《新月》1985年2期,另有《黄河落日》。

黄河落日

从没有见到这么大的太阳
一个圆球缓缓沉落在河上
浑身是火焰,炽热的火焰
把半天云霞烧得遍体鳞伤

太阳显得那样庄严肃穆
山峰的黑影向它前闪后躲
鹰和乌鸦听从无声命令
趁最后光线飞向夜的巢窝

我突然感到城市这样虚弱
没有阳光立刻变得灰暗寂寞
如果大地没有这条黄河
西部早已成了荒凉的沙漠

呵,从来没见过这么大的太阳
缓缓沉落在黄河的水波上

驼队向西[①]

　　七月,宣告开发两西(河西、定西),我们勘探队正兼程前进。

——摘自工程师手记

旅途中我们总是心绪不宁
想趁在黎明前多做点事情
撒拉族姑娘牵出猎犬
说草原什么也看不清

夜夜在帐幕的地毡上
早听见古老的地下河在歌唱
神妙的仪器从不会对荒原说谎
河西走廊将变成金黄的粮仓

驼队向西,向西
高大的木轮车响着烟云般的马蹄
戈壁仿佛也听见了信息

[①] 初刊于《星星》1984年1期,另有《赠H.劳伦斯》《沙漠》《白杨树林》。

悄悄退出一片朦胧的晨曦

撒拉族姑娘像荒原上一棵绿树
想把绿色的眼泪滴落在我们心里

1984年写于甘肃河西走廊

赠 H. 劳伦斯

——写在一位美国朋友的诗册上

我们站在鸣沙山眺望
沙漠的胸脯在早晨金光灿亮
无边的瀚海埋着多少宝藏啊
人类文明在这里放出第一线曙光

你看,这戈壁,这敦煌
这高大的骆驼车铜铃叮当
驮着一个深沉而灿烂的东方
你说,你的灵魂已深得像沙漠一样

你听到西域的古乐在心中弹唱
飞天仙女抱着琵琶在天空飞翔
她们同世界一样古老而又年轻
就像今天的中国这样金碧辉煌

你深深地爱上了我的祖国
你懂得了斯诺灵魂中的第二故乡

1984 年写于敦煌

沙　漠

沙漠用静默唤醒了我
这无言的暗黄的波涛啊
它有时轻柔得像一声云雀
黑夜才深沉如大海的寥廓

它让我加入他们的队列
去祁连山雪线上悄悄停歇
也许此刻,去罗布泊探寻神泉
而茫茫的冰川在静默中断裂

我的回话藏不住惊喜
新的造山运动在沙砾中掀起
广阔的地下海在汹涌奔突
西北高原隆起了历史的肌体

金色的沙漠升起烈焰
代我作了雄辩的发言

白杨树林

旷野上残留着冰雪
河流悄悄泛出青灰色
高高的白杨树站在风里
银绿的叶掌把春光摇曳

大地的暖气把草叶吹响
白杨抖落了黎明的薄霜
雪青的铃铛花开放
林间射来五彩缤纷的阳光

藏族牧羊女在歌唱
召唤雀鸟飞来家乡
树枝的手指牵住她的长袍
春风灌醉了酡红的脸庞

啊,春天再不会躲藏
像牧羊女向别人微笑的眼光

1984 年 7 月写于敦煌——河西走廊

戈　壁[1]

戈壁上发亮的黑卵石
没边没沿的沙烁
呵　大海死去了
海底凝固了这么多泪滴

我请戈壁接受我的敬意
把亿万年的生命化成了溶液
像血管隐藏在贫瘠的大地
然后像个巫师紧闭住呼吸

风就站在面前
鞭打　践踏　撕裂它的背脊
允许我也化成一块戈壁
任暴风啮咬我紧握钻杆的手臂

有一天　我会变成石油河
捧着黑色的火焰从大地走过

---

[1] 初刊于《飞天》1986年2月号，另有《民歌》《草原上的城砦》二首。

民　歌

跌跌撞撞走进了树林
我着了魔呵　路也认不清
鸟雀儿刚落窝又飞了
树叶子听懂了我的脚音

我袄上还有你麝香的香气
你一句话就是我心头的蜜
头发上戴的这顶毡帽儿
记得和你走进尕尕的窑洞里

你的眼睛是亮光
如今我就在黑夜一样
想着想着我痛哭一场
我向一棵树桠开了一枪

鸟雀儿惊得四散了
留下我独个儿多凄惶

草原上的城砦

草原今夜的月亮
擦洗过的银盘那样闪光
一座座魔幻似的帐篷
像乳白的菌伞骤然开放

驼铃酒醉般叮当
篝火飘散出烤肉的浓香
无线电乐音向星空摇荡
忽然出现的城砦如一个幻象

歌声汇成感情积淀的河套
青春在牧驼女的脚尖上舞蹈
原始的笛孔里流不尽爱的呼嚎
唱出了游牧人世代的骄傲

太阳下帐篷的城砦消失了
几缕夜的青烟在草原燃烧

1984年9月,酒泉、张掖旅次
1985年1月,西北民院改定

天　葬

岩石　山峰　黑影重重
太阳的铜鼓面上响起了风
旷野一片神秘的静寂
秃鹰扇着翅膀飞在低空

藏民抛着死者的肉体
暮色中多么庄严的葬礼
鹰的尖喙紧紧地撕啮你
让人和尘世的土地最后分离

死者呵　扔下了牦牛群
花朵般的妻子和白毡帐篷
草原上一个猎人绿色的梦
还要征服冰峰和雪崩

呵　秃鹰像神的黑衣使者
赐给你一个永远的黑夜

葛根图娅说[1]

你说的是草原的新城
毡包里红脸膛的蒙古新牧民
过去这里是干涸了的黑水河
黑色的沙砾和灰烬

你告诉我昨天是消失的风
是佛爷的捻珠捻碎了的梦
是沙漠沉落的月亮
过去是一只烂掉的奶桶

你说今天晴空万里下叮叮当当
黑夜也听见风力电站的声响
你告诉我草原越大越绿了
牧放牛群羊群只围起电网

草原有比金子还亮的太阳
葛根图娅的话是歌唱和霞光

---

[1] 以《西部中国》为题初刊于《星星》1985年第9期,另有《黄昏悄悄走进》《我的马头琴》《野外考察》《盐湖》。

黄昏悄悄走近

比黄羊还要深入沙漠
黄昏像骆驼那样走着
微闭起眼睛　深邃而静穆
心却向地平线慢慢沉没

沙漠像只巨兽站起身
没有面孔　风卷起恐怖的暗影
神奇　智慧的世界　谁伸出
魔幻的手撕碎最后一朵白云

不远的毡包升起袅袅青烟
额吉①没有点灯　等着牧归的人
听着风的低语　马的嘶鸣
她低下眼仿佛回想前生

空旷　神秘　迷人
黄昏就这样悄悄走近

---

① 额吉,蒙古语,老奶奶的意思(原注)。

我的马头琴

我的马头琴
在草原呜呜地奏响
那不是琴弦子响
是我心中升起的曙光

早醒的牧民们
草一样欢笑的声浪
从褐色的驼峰
将曙光卸在翠绿的牧场

戴手镯的蒙古姑娘
蹲在圆木桶旁
挤出母牛的乳浆
帐幕前流淌雪白的波浪

猎人背起弓箭和火枪
朝霞中奔向烟一样远的山岗

野外考察

金色的篝火在旷野跳跃
深夜里　我和新月
守在一具女尸遗骸旁
这座古墓很荒凉

新月嫩得像笋尖
它看见这锦缎下忧郁的肉体
也许洋溢着欢乐在一千年前
像花朵在黑暗的墓中紧闭

在寂静中
我的女伴（另一位考古队员）
在篝火旁看着月牙上的风
我在帐幕里刚把一封信写完

啊　我从来没有像此刻
对生活眷恋得这样火热

盐　湖

我年轻时在草原上流浪
离别家乡飘流过许多地方
命运的悲苦像盐粒啊
梦中总想回盐湖哭一场

扎来特旗的萨仁姑娘
是一轮温柔忧伤的月亮
当我们的孩子和帐篷失去了
眼泪像盐湖闪出白光

她现在不知道去了哪方
我脸上岁月的皱纹枯树皮一样
我不喝酒　也不歌唱
悲哀的盐湖早已遗忘

啊　一滴老牧人的泪多孤独
它才是我内心的一片盐湖

1985 年 5 月写于西北

少 女[①]

她长发披肩,短发盖着前额
冷冷的大眼睛湖水般清澈
总是亭亭地站着看自己的指尖
白嫩的手腕露着淡蓝色的静脉

她血管里有一道火焰
会在绿衣裙上喷溅鲜红的斑点
有时她笑得像一朵花
所有我见过的花朵没有她冷艳

她狡黠,比得上冰上的银狐
总在没人的时候来到我的黑屋
她笑了:"嘿……我说不来又来了……"
浑身光亮得像她欢笑的肌肤

她嘤嘤地哭泣,却没有泪珠一滴

[①] 初刊于《星星》1988年12期,另有《石像辞》。

后来,才知道那是她最妙的感激

1986 年 12 月初稿
1988 年 8 月 6 日定稿

石 像 辞

——一位雕塑家的献辞

一座纯白的少女石像

向我投来沉静凝视的目光

卷发覆盖着青春的额角

飘散出百合般忧郁的芬芳

它站立在我的心房

凝固了我期待太久的哀伤

死的温柔如一层纱网

将欢乐的躯体紧紧裹藏

"我的双臂已经折断

请将我用力抱紧——"

当夜雾溶尽了黄昏

我仿佛拥抱着绿色大地

蔓草向永夜延伸
渐渐盖住了我们的嘴唇

1987 年 5 月 6 日初稿
1988 年 8 月 6 日定稿

西北十四行组诗[①]

草原的女性啊,你的生命比自然的草原更强盛,更美丽。

——引自札记

女性草原

最末一滴雨淹没了夏季
草场上马架子旁边爱情的语言
全被淋湿　连星星也消失了
芨芨草散发出困人的气息

古丽娅　你的手伸向哪里
你被遗弃了吗　你蓝色的脉管里
却仍然流动着那个莽汉的血液
像一首野性的歌谣在腹内颤悸

草原的风欣赏你　给你披上风衣

[①] 《女性草原》初刊于《星星》1987年第7期,另有《舞蹈的莎黛特》《草原的雨》《藏族少女的呼唤》。

让你的前额贴胡杨树回忆
在体内升起从未有过的音乐
月亮会泄露一个生命诞生的秘密

草原酸痛的语言　泪珠和雨滴
死亡也不能带走我们女性的魅力

舞蹈的莎黛特

热瓦甫迷人的琴弦,刚刚弹响
她粉红的纱裙抖动得像蝉的翅膀
在围观者的眼里忽闪发亮
让许多顶男人小花帽疯狂地摇晃

忽然她旋转成一朵火焰
长长的发辫飞舞出一袅袅黑烟
赤裸的手腕像惊醒的火蛇
要把草原舔燃在飞闪的舌尖

她把火焰在眼睛里聚敛,捏紧
然后又大胆吐出在男人骚动的胸间
她的红皮靴比热瓦甫和手鼓更急促
仿佛飞旋起一团眯眼的粉雾

世界忽然像死一样静寂

当她抬起脚尖把火焰一下踩熄

写于乌鲁木齐

草原的雨

大雨和草原连成一片
天和地模糊成绿蒙蒙的一条线
我们躲在帐篷的窗口
只有喧哗的雨声什么也听不见

那些褐色和白色的牛羊群
淋得精湿像闪亮的玻璃
淡红的舌尖舔嚼着滴水的嫩草叶
仿佛要把强盛的夏季嚼碎在胃里

马奶子酒这样醉人这样香甜
就像我的乳汁为你酿造
无论你打猎远走到天边
都能在你饥渴的唇边随时喝到

雨和草原在蜜吻,但愿它不离分
雨走了,你也会走又只剩下我一个人

写于伊犁

藏族少女的呼唤

这是我的帐篷　今天夜晚
这样温柔地醒着　敞开胸口
呼唤你充满野性的黑眼睛
草原中午那顶黑毡帽底下的黑眼睛

我信赖你像相信我自己
我能装进你整个草场和星星
少女的心是这样博大　却又幽闭
金色的蜂巢只储藏你的蜜

我被自己的呼喊吃惊
其实　谁也听不见我血管里的声音
当我想起那个中午我捂住嘴唇捂住恐惧
当我想起你很野蛮你很无情

啊　此刻　你可听见　你可听见
正是那天中午阳光下你要我叫喊的声音

1987年12月整理于兰州

草原幻象[1]

黑牦牛群像块柔软的地毯
藏族牧女卷起它又打开
白色羊群如一面白帆
缓缓驶向墨绿的草海

阳光里的云朵
像一窝窝凶猛的雄狮和白熊
呆望着地下的畜群
在天空慢慢移动

谁的牧笛向四方吹送
寻找一座爱情的帐篷
藏族牧女踩着蒙茸的野花
仿佛走进了彩色的幻梦

黄昏,一个微笑失落在草丛
牧女孤单得像一只蜜蜂

---

[1] 《草原幻想》初刊于《星星》1988年7月号。

草原幻象[1]

黑耗牛群像块柔软的地毯
藏族牧女卷起它又打开
白色羊群如白帆
缓缓驶向墨绿的草海

阳光里的云朵
像一窝雄狮，一堆白熊
呆望着地下的畜群
在天空慢慢移动

牧笛向四方吹送
寻觅一座爱情的帐篷
草丛中的野花　像眼睛
想躲藏在牧人的黑发里做梦

黄昏，一个微笑失落在草上
消失了草原的幻象

1987 年 10 月 14 日

---

[1] 初刊于《人民文学》1989 年 9 月号。

荒　岛[1]

啊,这幢岩石筑成的小屋
虽然来时很匆促,没看清
它黑夜的面貌,城市的大海中
却是我们最神秘最隐蔽的荒岛

海图、罗盘……藏在心里
探照灯不必! 岛上只有我和你
岩石般赤裸,原始,荒凉偏僻……
神圣的岛屿只属于恋人自己!

你说:我像夏夜的霹雳
是电火,就不管是紫檀和荆棘
都会在爱情的燃烧中快乐地颤栗
灵魂在永恒中缓缓升起

我们的生命在海浪中沉浮
星星月亮围绕你脚踝边旋舞

1988 年将知天命之年

---

[1] 初刊于《诗刊》1988 年 6 月号,另有《晚餐》《雪橇飞驰》。

西北十四行组诗

解　冻①

蹚过河去　土族姑娘
青色的薄冰在溶化
山头上堆积着潮湿的雪
天边像野兽抓出血痕的朝霞

你起身这么早　穿着浅绿色的长袍
黑山似的牦牛背　你坐得多高
真像一只黎明鸟
仿佛一座翡翠的玉雕

你一个人在霞光中一动不动
风吹开你微笑的红褐色面容
河流　山峦　在内心升起火焰

---

① 《解冻》以《西北十四行组诗》之名初刊于《飞天》1988 年第 12 期,另有《寂寞》《四月》《赛里木湖的夜晚》。

世界在你眼底缓缓地解冻

鞭子一挥　黑牦牛漂移在河面
你在浮冰上寻找春天

寂　寞

高原上七个小男孩
孤零零地出现在空无的空间
乌黑坚硬的岩石
一组孤独的风景线

头上戴着金丝小花帽
向风摊开秋天的长袍
耷拉在嘴边的黑头发
像卷曲发亮的细羊毛

他们没有城市的电动玩具
电子琴　会说话的塑料小熊猫
他们想做一把弹弓打鸟
却找不到麻绳和小刀

天下雨了
他们忙脱下花帽接雨滴玩

四 月

> 萨仁姑娘,"文革"中被毒打
> 致残,现在治好了,她告诉我生命的意义……
> ——摘自笔记

草原蒸发出热气　黑母马
嚼着嫩草　头伸进了绿海里
太阳伸手在融雪上取暖
忘记了冬季冻僵的冰原

站在蒙古包前的萨仁
清晨　又从恶梦中惊醒
梦见寺庙和白骨燃烧的火堆
荒漠上流放的骆驼无家可归

萨仁忍受过黑夜的罪恶
七次在黑水河里淹死过
现在她的心像黎明的花朵
温暖的肉体流溢出四月的欢乐

她骑上黑母马　去沙漠
永恒的生命在于反叛和求索

赛里木湖的夜晚

——离伊犁不远了,赛里木湖

原野上雾气濛濛的薄光

落进一片僵止的波浪

赛里木湖把悲哀淹死在体内

发出银灰色的声响

夏天才有哈萨克人的篷帐

湖边睡下白色的群羊

夜晚星星撒落的眼泪

滴进牧羊人凄怆的歌唱

湖面散发出黑夜的气息

粘稠的夜色不能把我们合在一起

赛里木湖像一个忧伤的寡妇

披给我一件宽大的黑丧服

我仍像那痴情的牧羊人

看赛里木湖长出一个黎明

1985 年写于赛里木湖
1988 年 7 月整抄

附　录

《诗第一册》后记

这些诗,在送出它们之前,我还在时间这个很长的距离上感到一点快乐,我默默地支持着几年来黯淡的寂寞的工作,随着生活留下了它们各自的声音与面貌,感到像远离的亲人,和小孩子们突然长高了那般亲切。

可是当我走进一所偏僻的邮局,那几张属于我就要远行的冷静的邮票,却唤起我一种深省,一种觉悟:

这么长的时间留给我的是些什么呢?虽然有些还沉睡在身旁的桌子里,有些期待在书架木板上,有些索性就永远的遗丢在奔走的怆惶中,没有搜集起来,而这些最初的和近来的四十首诗中,它们替我呼唤了什么,它们也给亲切的读者映出了一个我所看见的世界的一小部分吗?无论是我激情时或孤独时经验过的这些人和事物。

现在我们的国家又正在为了怎样找寻一个民主的未来,而将一切见诸酷烈的战场,这个战争暴露了也牵涉了社会的所有,甚至一个垂老的老年人,一个刚懂事的小孩,这么大的变乱中,我又哪能像他们?

我却被滞留在这个阴暗的社会里,我只能学习一个寂寞的矿夫,在一个死亡控制着的更寂寞的矿穴中工作,除了早期少年时代那一点近于无知的柔和,我从没有歌唱什么,我只能如实地写出了这些阴暗的社会的事物中,一个更大的空虚的形象,想起这些,我不禁焦虑起来,更大的时候中我愈愤懑而愈要学习反抗,我的确从来没有快乐的写过什么值得告诉人的事,我现在坚信,除非能在某一根生命的火线上,我们会立刻过去。

里尔克(R.M.Rilk)说:"时间崩溃了",我听见他智慧的大声音喊在街道上,市政府的草坪上,任何一个妇人小孩绝望的生活中。我眼看到了崩溃,这本小书,一本属于自己的小书又值得什么呢。

我感谢几位写诗朋友的帮助,使我得以出版这本献给母亲的书,她现在正在一个苦难的地方。

1947年12月

《唐祈诗选》后记

一

《九叶集》在1981年出版以后,我收到一些远方读者的来信,对我们经过了很长的岁月以后又回到诗坛,寄来了亲切的关怀和祝愿,我对读者表示由衷的感激之情。

两年后,《八叶集》由美国秋水杂志社和香港三联书店联合出版,在海外发行。有的读者在美国芝加哥、纽约等地书店看到这本印刷精美的诗合集;有的说只偶尔在国内书展中见到过。这本集子收录了九叶中八人解放后的新作(诗人曹辛之从事美术工作了),这两本诗合集的出版,引起了一些朋友和我所在的大学里爱好诗歌的同学们的关注和兴趣,不断问询"九叶诗派"和我个人的情况。有的评论家寄来磁带让我谈点什么——那早已消逝了的四十年代的诗歌状况,和我当前写西北十四行的一些创作情况……从这些远方来信和青年谈话中流溢的热情和诗意,使我内心深深感动,同时又为这种深情厚意感到悚惕不安。

今夜,西北高原落了第一场初雪,窗外静谧的山上一片银白。在宁静的灯光下,面对着这本刚编完的集子,读着长长的来信,我在想:我能呈献给人们一点什么呢。难道我的诗真能给可敬的读者、我亲爱的学生们带来一丝慰藉么。我能把大地上可见的事物转换成不可见的灵魂、内心的经验交给读者么。也许为了我们遥远的阻隔,和我创作道路上一段人为的断层所造成的生疏,真该有一些话要倾吐了(甚至我个人的一些生活经历),纵使在诗歌上我只是一个收获微薄的人。这里,这个雪夜的三层楼上,屋里正好没有旁人,我在孤独中也总感到:我的头顶上没有遮盖的屋顶,雪花飘落在我的眼睛里,我行走在诗的旷野上。但我却总要写,要不停地探索,一生也不放下这支笔,正如里尔克所说的,这将是一个归宿。

二

我原名唐克蕃,生于1920年阴历二月十六日。江苏苏州人,出生在南昌。父亲唐宜南大学毕业后考进邮政局。他是高薪职员,家庭人口少,把我送进一所学费昂贵的教会学校——私立豫章中学读书。我从小不信宗教,但从外国教师和英语作品阅读中,使我很早就接触了西方世界。我的家庭教师教我读古书,无形中抵销了教会学校的影响。并且在我幼小的心灵里,窥见了一些牧师的伪善。

整个少年时代,我从母亲柳德芬(湖南长沙人,知识分子)受到真正的诗歌教育,她爱写古体诗,富于幻想,对人宽厚热忱,又总怀着悲天悯人的忧患意识,给了我极深的影响,使我从小热爱诗歌。

1935年进入高中以后,"五四"以来的民主与科学的启蒙思想,新文学的潮流和进步文艺席卷了我全部青春岁月。我和同学文健一起读拜伦、雪莱和艾青、何其芳、卞之琳的诗,读鲁迅、巴金的小说……参加"一二·九"游行。我们悄悄写起诗来——从新诗中寻求理想和精神寄托。直到1937年抗战爆发,我们投入了火热的抗日救亡运动。

1938年——抗战第二年,我和母亲、两个弟弟迁到甘肃兰州。父亲几年前已调来兰州邮局。我考进了甘肃学院文史系。读书期间,认识了女诗人陈敬容、诗人沙蕾、夏传才、赵西……诗歌把我们联系在一起。这一年茅盾先生率领赵丹、王为一等同志路过兰州去新疆。我们用江苏同乡会的名义避开反动派的耳目,举行"茶话会",茅盾、赵丹作了报告。后来,我们接着肖军、塞克之后,在兰州古城掀起了抗战戏剧等进步文艺活动。

不久,西北联大(原北京师大、平大等校)在兰州招生,我重新考进了联大文学院历史学系,直到1942年毕业。

联大当时在陕西城固、汉中几个县,八个学院,一万多大学生,成了大后方的文化城。虽然生活艰苦,由于许多教授都是北大、师大来的,依然保持了浓厚的学术研究和民主自由的空气,是当时最高学府之一。使我能在那里广泛地涉猎知识,在图书馆里像河马一样吞食各种各样的书。更多的是在夜晚自己悄悄地写诗。我很喜欢法国象征主义和德国浪漫美学,从叔本华、尼采……到波特莱尔、里尔克,使我把诗不仅看作为一种艺术现象,而且感悟到它是在不断寻求人生的诗化。这对于自己日后写诗留下了浓重的影响。

在大学四年中,每年寒暑假我都搭乘邮车,经过陕西的黄土地,翻过荒凉的六盘山,回到甘肃,有机会在甘肃、青海一带漫游,搜集民歌、牧歌,接触到蒙古族、藏族、回族、维吾尔族等兄弟民族。对于一个南方青年说来,不仅走进了一片新的世界,而且我从他们真诚、纯朴、粗犷的性格中受到深深的感染。这种情感一直珍藏在我的生命里。当时我写了一些牧歌风格的抒情诗。

1942年大学毕业后,在西安一所儿童艺术院校教文学课,舞蹈家吴晓邦夫妇教舞蹈。后来,我和他一同去青海,写下了《游牧人》等诗(此处诗人记忆有误——编者注),我喜爱十四行诗体,短小精练,又富于变化。经过我的移植、改造,用来表现色彩缤纷、民族风情的少数兄弟民族生活图画,和他们丰富的内心经验。

1943年,我到兰州工业专科学校教书。因为38年在这里从事进步剧运,在《现代评坛》发表新诗,国民党反动派要逮捕我,得到地下党同志的帮助,我仓促到了四川成都,几个月后又到了重庆。

从1945年到47年底,我都在这座雾的山城里度过。当时重庆正处于历史矛盾的焦点。国民党反动派法西斯的黑暗统治,使广大人民生活痛苦,知识分子极端苦闷,光明与黑暗正在黎明之前进行殊死的搏斗。我置身在这斗争如火如荼的山城,结识了何其芳(他在中共代表团)、力扬、孟超等同志,参加了"全国文艺界抗敌协会",进一步投入了民主斗争的行列,参加反饥饿反迫害游行、悼念闻一多烈士追悼会……直到后来戏剧界一系列反美蒋反戡乱活动。当时他们为了指导秘密活动,和特务进行斗争,就在我住的观音岩学校宿舍商量事情,直到"六·二"大逮捕,幸亏前一天朋友将我转移到了盘溪。我的宿舍被特务捣毁,这几年的现实斗争,生活感受比较深些,我诗里现实成分增强了,写下了歌颂进步、鞭挞黑暗、呼唤民主、迎接解放的一些作品,如《雾》《严肃的时辰》《你走了》等诗,发表在《新华日报·副刊》《诗创造》等报刊上。

1947年,诗人陈敬容和曹辛之在上海为了探索中国新诗的发展,约我去上海,后来又约了老诗人辛笛、唐湜,我们创办了《中国新诗》诗刊。当时,在北平北京大学的袁可嘉除了他自己的诗和评论外,还转来了刚去美国留学的西南联大三诗人穆旦(查良铮)、郑敏、杜运燮的诗。老诗人卞之琳、冯至、方敬、罗大冈……评论家李健吾、冯雪峰、蒋天佐和翻译家戈宝权、方平等,都以诗文和译作支持这个诗刊。我在这段时期,因为身上还带着重庆斗争的火焰,又投身到这个典型的半封建半殖民地的大都会——上海,这里,是一片贪婪与歹毒的饕餮的海洋,也是一个透视旧中国社会更大的窗口,我找到了自己新的视角,我几乎只熬了两个通宵,写下了长诗《时间与旗》,这是我诗创作上最旺盛也最难忘的一个时期。

1948年11月,特务闯进了森林出版社,肆意捣毁了我们所有出版的书,刊物遭到查封的厄运。

1949年解放,我到了北京。何其芳、力扬约我同去中国作家协会《人民文学》工作,当时的主编是茅盾、副主编艾青。我在华北革大政治研究院毕业以后,何其芳、力扬因为马列学院不放,我先去了《人民文学》。诗歌组长严辰,还有吕剑和我。不久,严辰去体验生活,吕剑担任组长。1953年我又被调任为小说散文组组长。1956年底,作协又调吕剑和我去《诗刊》。主编臧克家、副主编徐迟,还有编辑吴视,我们五人编这个刊物。这六、七年由于自己在刊物工作,我极少发表作品。只是53年英法侵略埃及,刊物临时缺少诗稿,我才发表了《寄给埃及前线的诗》,和56年在《诗刊》发表的《水库三章》等。这期间,也因为自己对当时公式化概念化的创作倾向,有自己不同的看法,我始终感到:诗,首先应该是诗,我坚持自己对诗歌的观点和表现方法,结果,只有沉默。

1958年,我到了东北最偏远的北大荒。令我感到惊奇的是,尽管险恶的政治风浪把我抛得很远,几乎连生命都将埋葬在那片荒原上,但就在那冰雪覆盖的茅草顶的泥屋里,在零下四十度的严寒中,我竟没有放下这支写诗的笔,也从来没有动摇过我对诗的信念。我默默写下了《北大荒短笛》系列组诗(有些诗稿却因转移散失了),正如一首诗《黎明》中所说的:

  等待着这些人的命运是
  原始森林中的苦役
  斧锯将锯断生命的年轮
  土地上无尽的耕耘呵
  犁头曾碾碎发亮的青春

  黎明的青色的光
  洁白的雪
  将为这些人作证
  虽然痛苦很深、很深呵
  却没有叹息、呻吟

  我的诗里虽然有痛苦,却没有悲观绝望的音调。因为我从祖国的大地上,接触到广大的人民,作为一个正直的知识分子,我懂得人民是文艺的母亲这个最简单的真理,不论何时何地,我都要亲近他们,把自己的心和声音交给他们。

  1961年我拖着病体回到了中国作协,1964年中央直属机关干部下放,我又被作协下放到江西崇义县。不久,十年浩劫。我在这个山区教过书,为地区编选过诗集……直到1978年回到北京中国作协。

从1957年到1978年,中断了发表诗歌整整二十一年。而且正应当是写作旺盛的生命年轮。

1978年我重新在《诗刊》发表了哀悼诗人何其芳的十四行诗:《悲哀》(此处诗人记忆有误——编者注)。

1979年,我决心再到西北高原找回我年轻时写诗的"基地",找到曾经哺育过我的诗的少数兄弟民族。如果可能,我还要为培养新一代少数兄弟民族青年诗人尽我微薄的力量。我先在甘肃师范大学,不久又到西北民族学院汉语系教授现代文学和新诗。

在党的三中全会以后,我又精力充沛地写作,跨过了二十多年的断层,连续发表了一些诗和诗歌评论,有的被收入《中国新文艺大系·诗歌集》《中国新文艺大系·理论集》和十几本诗选集。还主编出版了一部《中国现代新诗选(1917—1949)》(上下卷)、一部《中华民族风俗辞典》。正在编纂一部《中国新诗鉴赏辞典》。

我感到高兴的是,九叶诗友仍在奋力创作新诗,使这个还在发展中的诗歌流派,在八十年代继续前进。

同样高兴的是,我在西北教过的少数兄弟民族热爱新诗的学生,经过他们(她们)自己顽强刻苦的努力,有的已开始走上诗坛,崭露头角。这批青年诗作者也给予了我在西北高原上一种青春的力量,鼓舞着我同他们一道向诗歌的大路上向前走去。

三

这本选集,分为早年诗、抒情诗、组诗、十四行诗四辑,主要是为了节省分辑的篇幅,同时又从时间的纵的顺序上理出一个脉络,回顾自己曾经走过的创作历程。

我在第一本诗集《诗第一册》的扉页上,曾题写过:"献给母亲柳德芬",这本诗选仍然怀着这种亲切的心情,献给我的诗的启蒙者、教育者——我的母亲。

对于这些诗,虽然有我多年的心血,犹如一棵树流出来的树脂。但它们由于长期风雨的吹打,坎坷的生活,我所能奉献给读者的却是多么微薄。

即使这样,我仍然感到:只有诗才给予了我的生命,和永不衰竭的青春的力量和信念。这对我一直是很重要的,它有助于我写诗的延续性和维持旺盛的生命力,使我有可能保持着一种青年人对世界的新奇感和观察力,感受外界的事物,探索人的心灵的奥秘,同时用自己的内心倾听世上的一切,去发现人的意识中不同层次的精神境界……所有这些都迫使我要永远用自己的生命去写诗。

早年诗里,我留下了几幅蒙族、藏族兄弟、妇女的面影。西北高原,那是个赋予人以想象力的地方,草原上珍珠般滚动的马群、羊群,黑色的戈壁风暴,金光刺眼的大沙漠,沙漠深处金碧辉煌的庙宇,尤其是在草原的帐幕中,我从来没有度过那样美好的夜晚,也从来没有歌唱和笑得那样欢畅过。从蒙古族、藏族妇女的歌声中,我感到一种粗犷的充满青春的力量,正是这种青春力量,强化了我年轻时的欢乐和哀愁,赋予了我为追猎自己理想从不知退却的胆量,使我在相隔若干年以后,仍然要在西北十四行诗里抒唱它们。

这些早年诗中,我比较注重抒情、色彩和情调。我溶浸于无拘无束的生活里,我用画家的眼睛观看草原风景,体味一种单纯柔和的美,寻找清丽新鲜的牧歌风格,即使是令人悲伤的歌。

我很少修改草稿,几乎像从内心里流出来的句子,甚至随写随丢。我回忆中还有《冰原的故事》《七月》……许多诗稿后来怎么也找不到了。

在大学的几年和离开学校以后,我阅读了许多关于思考人类社会和探索人生命运的书,哲学、历史、宗教、文学(尤其西方现代哲学和文艺思潮之类)……使我对人生产生了从未有过的困惑、迷惘,和对于真理的探求。

生活在战时后方那样一个极不安定、黑暗而复杂的社会,大学毕业即失业是普遍现象。我仿佛看到存在主义者所描写的大战后人类的"极端情境"。我开始走着一个知识分子孤独的道路,从一座城到另一座城,教书、漂泊、写诗……我默默在生活中体验,在体验中反思生活。越是在困顿不安的境遇中,越使我学会了不断透视自己的内心情感。有些善良的少女从我身边走过,有些诚实的朋友向我伸过来救援的手……而我却仍然只身在生活的海洋中浮沉。我隐约地感到:个人的命运也许就是人类命运的某种类型的缩影和表现吧。如果我能够认识自己,感悟自己,也许就能打破那些生活僵硬、丑陋的外壳。后来,我在生活中遇见了各种各样的事情,碰到了难以预测的命运,许多解释不了的难题……我开始从自己的遭遇出发,溶入自己的感情和想象去感悟、领会一切事物,我似乎在学习古人所说的"中得心源",放弃那些外在的干扰,守住自己一个内心世界,从自己内在的感受去透视、去反思,去创造自己的诗行。例如,在《夜歌》中:"我怎样在寻找自己的/灵魂,让他对着夜",我问道:"自己,是属于谁的一部分",而回答我的却是:"生的庄严,死亡最后的火焰/忽然烧在一起,像问你我/自己:什么时候降生下来/何时悄悄走入墓地",以及《恋歌》《严肃的时辰》等等。这些诗很多是以自己漂泊不定的命运感去接触生活中各种遭遇和问题。我试图从自己内在精神出发,去把握具体生活事件,并且把它们更深的意义表现出来,甚至我后来投身于现实斗争生活,写了不少现实成分比较浓厚的诗。例如《雾》《最末的时辰》《挖煤工人》等等。

我不像早年诗里那样只注重抒情,我认识到了人生现实的复杂和深邃,我应该寻找各种新的视角、许多不同的途径来写;我摆脱了现实主义的反映论,和对生活现象简单的摹写,把象征和现实揉合在一起,打破通常的时空观念,注重诗的艺术逻辑和艺术时空,运用思想知觉化,通过感觉来表现内心经验……我开始修改草稿,直到找到更好的表达方式,才把诗句固定下来,这样写,速度慢下来了,并且使我失去一些自然萌发的东西。

我这样做,使我原来积累的审美规范得以突破,迫使我在打破既成规范之后,不断寻求更适合自己表现的审美形式。正是在这种渴望改变自己创作风格的心态下,我在 1949 年到了上海,参加《中国新诗》的工作(此处诗人记忆有误——编者注)。

这是一段创作上难忘的岁月。

老诗人辛笛、敬容和辛之,都是忠实于诗歌艺术而且有各自成就的诗人。袁可嘉、唐湜在现代主义诗歌理论的探索方面,应该说正在四十年代攀登着一个新的高峰。这是三十年代的现代派由于历史时代的限制所不可能达到的。虽然在象征主义诗歌体系方面有某些承接性的关系。戴望舒、卞之琳、冯至……许多前辈诗人在这方面作了极其可贵的开拓和理论建设工作。

关于《中国新诗》,曹辛之有一篇《面对严肃的时辰》(载《读书》1983 年 11 期),作了比较全面的论述,我不在这里重复,只从我个人回忆中记叙一点印象和事实。

当时,我印象最深的是敬容、辛之和我由于实际负责每期编务,我们不能不为中国新诗的发展、现状,经常作一些探索。当然,刊物首先要为人民发出时代的呼唤,要为人民服务,这在《中国新诗》的方向上是明确的,也是这样付诸实践的。

同时,在诗歌艺术方面。如何形成一个共同发展的走向,寻求一种审美经验的定向积累,以及对中国古典诗歌传统的继承,西方现代主义诗歌的批判借鉴,尤其是三、四十年代新诗流派的发展,等等,都提到了我们编务的日程上,成为我们经常谈论的课题。

当时我认为,西方从古典主义、浪漫主义、现代主义发展了二、三百年,这样漫长的发展历史,却以它惊人的速度趁着"五四"向西方(原文如此——编者注)开放,一下涌进了中国新诗短短的三十年历程中,并且在中国的现实土壤中孕育出各自不同的流派,产生了许多杰出的诗人。尽管这些诗歌流派和诗人还没有来得及发展得更为成熟,也没有达到应有的饱和度,即使这样,它在世界诗歌发展史上也是一个罕见的现象,可惜这个历史现象长期被人们所忽略。

就以李金发、戴望舒发展下来的象征主义(现代主义的前驱)来说,虽然在三十年代末的抗战前已经中断,现实主义诗歌在抗战时期形成了洪流。但是,我们看到三、四十年代崛起的诗人艾青,他从一开始就比戴望舒把象征主义更大地向前推进了一步。艾青将法国象征主义的审美经验和中国革命现实斗争牢牢结合起来,把握住了象征主义所固有的雕塑性和精神性,并且把它和浪漫主义热烈的抒情和革命功利溶化在一起,写下了正面歌颂革命现实的光辉的诗篇。艾青的诗,无论在表现中国革命现实的广度和内心经验的深度上,都是西方象征主义者所难以企及的，他所达到的诗歌艺术的高峰，比起同时代的革命诗人，不但完成了他对中国新诗的独创性的贡献，为新诗艺术奠定了深厚的基础。同时在世界象征主义范围作出了重大的突破和创造，像聂鲁达、艾吕雅、阿拉贡……这些世界诗人一样，放射出自己独特的光芒。

同时，我还认为，四十年代的中国，由于第二次世界大战，中国属于民主阵营，在文化上，正处于和西方直接开放、交流频繁的年代。西方各种文艺思潮——尤其是近八十年来的现代主义思潮，对我国文艺有着较大的冲击力，最为敏感的新诗不会不迅速作出反应，正是在这种冲击下，西方现代派诗才真正被介绍过来。例如，诗人卞之琳、冯至、罗大冈、袁可嘉……许多诗人介绍了西方现代派的里尔克、艾略特、奥登、瓦雷里、叶芝、凡尔哈伦等人的诗，奥登自己也来到中国，写下了他的《战时在中国作》、诗人兼评论家燕卜荪就在西南联大讲授英诗，等等。例如，老诗人冯至在四十年代出版了《十四行集》，这本诗集就直接呼应着里尔克的哲理诗的声音……这许多情况，使我们完全有理由认为，中国新诗要提高诗的审美价值，扩大诗的审美疆域，就必须像"五四"以来新诗的传统那样向多元化发展。在四十年代，我们已有条件与世界诗歌汇合，并且也可能与西方现代主义诗歌取得同步发展，而又一步也不脱离我们中国现实生活的土壤，保持自己民族的文化传统和自己意识中的文化基因，有批判、有选择地吸收和借鉴风行世界的现代主义潮流，从而建立、发展中国的现代主义诗歌。

戴望舒和围绕着他的诗人群，在三十年代创办的是现代杂志，从严格的意义来说，并不是真正的现代派诗，它只是后期象征主义诗歌，我以为真正的现代派诗只有在四十年代才能产生，这里有历史、文化、社会背景各种因素,更为重要的是三十年代根本没有像四十年代这种极端冷酷、丑恶、严峻、复杂的现代现实,当时的诗人也不可能有现代人的意识、感觉、表现形式、语言等等来写诗。所以说,把戴望舒的现代杂志上发表的诗笼统地说成是现代派诗,实际上是一种误解。因而使我们有信心在四十年代建立真正的现代派诗。

如何使中国新诗和西方现代派诗互相交流,从而建立、发展中国的现代主义诗歌,在中国各种诗歌流派嬗变过程中,哪怕它只是一条支流,从宏观方面来看,对整个中国新诗艺术的全面发展,也是有所裨益的。

这些,当然只是我个人的一些看法,不能代表当时刊物的编辑思想和几位诗友们的想法,然而这却是我回忆中印象最深的一点,而我自己当时和以后也是这样做的。从重庆、上海这一阶段的创作来看,我的诗中留下了这方面一些较深的印迹。

另一个最深的印象,是我不久读到穆旦(查良铮)和郑敏的诗(后来都发表在《中国新诗》上面,当时他们已赴美国留学),还有巴金先生为郑敏出版的《诗集(1942—1947)》、穆旦的《旗》和自印的《穆旦诗集》等等。他们的诗在继承"五四"传统的同时,对新诗进行了意识上、表现方法上、语言上的创新和发展,标志了它们在现代化的道路上质的变化。

我当时认为他们将是建设中国现代主义诗歌最有力的两位诗人。这里,不可能对他们的诗作全面的论述,但他们的创作已显示了一些新的特点,这些特点为后来郑敏在理论上概括得非常清晰,我从她的论文中摘要转述几条在下面:

  1.打破叙述体通常遵循的时空自然秩序,代之以诗的艺术逻辑和艺术时空;

2. 避免纯描写，平铺直叙，采取突然进入，意外转折，以扰乱常规所带给读者的迟缓感；

3. 在感情色彩上复杂多变，思维多联系跳跃，情绪复杂，节奏相对加快；

4. 语言结构比早期白话复杂，形成介于口语与文字之间的文体。为了反应四十年代的多冲突、层次复杂的生活，在语言上不追求清顺，在审美上不追求和谐委婉，走向句法复杂、语义多重等现代诗歌的特点；

5. 强调在客观凝聚中发挥主观的活力，与浪漫主义的倾诉感情不同，深刻的主观通过冷静的客观放出能量；

6. 离开外形模仿的路子，强调对表现中的客观进行艺术解释，改造，重新组合，以表现其深层的实质。（以上引自郑敏《回顾中国现代主义新诗的发展——兼谈我国当前先锋派新诗创作》一文。）

上述这些特征，说明了我们当时一些共同的艺术倾向和诗艺方面的探索，我的诗风也引起了很大的变化，生活在四十年代那个历史的严峻时期，我必须学会以一个现代人的意识来思考、感受和抒发，把上海那些丑恶、复杂、冷酷、恐怖……放进现代主义的冷峻中，因而我写下了《时间与旗》《老妓女》《女犯监狱》《郊外一座黑屋》《最末的时辰》……这一类诗。

当时，如果没有诗友们的互相切磋，相濡以沫，我在诗歌创作和理论上是难以寸进的。这种艺术上的探索、宽容、尊重和勉励，永远留在我美好的回忆中，这是我印象最深的另一点。

岁月如流，多少年过去了，时间会把记忆中的事物淘洗得更加清白。郑敏、穆旦和我力图建立的中国现代派诗歌，应该说，在中国诗歌史上获得了它应有的位置和发展。

我读到黄修己同志1985年出版的《中国现代文学简史》中，论到四十年代"九叶诗派"时，指出我们由于"不同程度地接受了西方象征派、现代派诗的影响，运用这些流派的技巧、手法写诗，风格较为接近；因而互相认同，形成了一个流派。他们与二三十年代象征派、现代派诗之间自然会有一种历史的承接关系；但在新中国曙光已在头上时，这批年轻诗人不再像过去象征派、现代派诗人那样，沉湎在个人感情的小天地里，他们也要为新时代报晓。而且由于过去象征派、现代派诗已经暴露了严重的局限性，已有经验教训可资借鉴；所以他们也不再把自己拘囚于现代派内，表现了食洋而化之的趋向，他们也用浪漫主义、甚至现实主义的方法。尽管也在个人感情的园地里挖掘，却已能将内心向外开放，使与广大人民的情感相溶，为人民而歌。"他在分析了我们九个人的作品以后，在结语中写道："九叶诗人在诗坛上出现较晚，而且处于社会大变动的前夜……虽然九人中没有一人能有李金发、戴望舒那样的名声，但在吸收、运用西方象征派、现代派艺术，使之逐渐具有中国的性格，却显然后来居上，他们共同创造的成就，已超过三十年代的现代派，更不用说李金发了。"（见原书532页，537页）

　　事隔三十六年之后，文学史家对"九叶诗派"作出的评断，是符合我们当时的创作实践的。我摘引在这里，为的是在这一个雪夜谈不完的过去的印象，也代替我对四十年代"九叶诗派"所不能达到的理论概括，更是我对文学史家、评论家们关心九叶的深挚的感谢。

四

　　这本诗选出版前,感谢老诗人艾青同志给我寄来了题辞,语重心长,凝结了多少年深厚的感情和对我的关怀,他的诗和诗论,一直是我最好的精神食粮,我得到他的教益是非常深的,我一定不辜负他对我的鼓励。

　　九叶诗友郑敏的诗和诗论也是我一向为之折服的。她去年才从美国讲学回来,现在又将赴香港参加诗会,百忙中答应为我写序。她对我的诗创作在通信中提过许多宝贵的意见,对我的诗了解也比较深,这篇序文也是对我创作上一次有力的鞭策,一份珍贵的纪念。

　　衷心感谢人民文学出版社的同志为我这本诗选的出版,尤其是诗人、编辑莫文征同志,为了审阅、挑选作品、编目……花了许多宝贵的时间和精力,我在这里表示深深的感谢。

唐祈
1987年10月10日雪夜

诗论札记

Ⅰ 诗,是从诗人内心里流出来的,就如同松树流出的松脂,它是一种生命的分泌物,诗人正是用自己全部的生命去写诗。

Ⅱ 诗富有青春的力量,因为青春能强化诗人的欢乐和哀愁,能抵抗世俗的伪善,保持一颗年轻的心,像青年人那样对世界感到新鲜和惊奇,去感受和观察现实,如果失去了它,诗便会枯萎。

Ⅲ 一首诗并非出自日常生活中的我——漂在湖面上的浮萍那样肤浅,薄得出奇;诗应当出自诗人意识深层中那个深刻的自我,既包括诗人的主体,又融进了客观现实(自然、社会、时代、精神、心理……),这样的诗才有深度,有真实性。

Ⅴ 从现实生活到诗的形象,有一个必要的艺术转换过程,把一切可见的东西转换为不可见的精神产物,里尔克就强调说他是"大地的转换者,"比喻自己是一只蜜蜂,专为采集不可见的东西的蜜,贮藏到它的金色巨大的蜂巢中。

Ⅳ 我认为单纯的模仿现实的狭义现实主义创造观,是不可能真正表现现实的真实性和丰富复杂的内涵的。只有以现代主义为基调,揉进象征和现实才能表现出社会的深度和艺术的真实性。

Ⅵ　我常想：现代科学发展这样快，已进入了原子能和宇航时代，生活丰富复杂，日新月异，诗人们应该怎样更新自己的观察和感受力，刷新诗歌艺术的价值观，创造性地表现生活，给人们以新的感受，这个课题已提到今日中国诗坛上，值得诗人们思考。

初刊于《星星》1988年7月号

诗歌回忆片断

在诗歌探索的道路上,我走过一段不算短暂的行程,至今仍在默默地向前走着。我有时也回想过,什么时候写起诗来的?怎样开始的呢?又是什么力量使我醉心于这个事业,尽管有过挫折和波澜,却在我的一生中再也放不下这支写诗的笔的呢?同时,我也深深体会到:经验是痛苦的(无论是生活经验或创作经验),但是,如果它们一旦在岁月中变成回忆,又总会给我带来一些不曾凋谢的花朵。正如一位年轻的歌者唱出的:黑夜沉淀下来的,是几颗闪光的星粒,照耀着我接近黎明的晨曦……

童年和诗

我的童年和少年时期是在南方度过的。曾住在南昌钟鼓楼十号一幢半新式的住宅里,我父亲在邮局工作,从原籍苏州调来江西,靠比较优厚的工资维持家庭生活。父亲虽然大学毕业,但从私塾出身的母亲柳德芬,却更懂得知识的贵重。她不置办任何产业,而甘愿挥霍在我们姐弟的求知的花费上。她给我们开蒙以后,就聘请了一位辍学的大学生给我们当家庭教师,住在家里教读国语、英语、数学这些新课,在我十二岁时又请了一位花白胡子的老先生,隔晚来教两个课时的《孟子》《诗经》……他们几乎一直教我到初中。在我十一岁时,为了取得小学毕业文凭考中学,才把我送进小学读六年级。南方阴雨连绵的天空,和这两位教师的课本一样令人窒息,直到我进了小学,我才发现背上书包走在清晨的路上是多么有趣,石拱桥、东湖的绿波、岸边的柳丝、啼叫的小鸟、热闹的街市,从乡下推来吱吱扭扭的独轮车……使我对生活充满了好奇和惊喜。老先生教的《诗经》我能背诵不少,却不能理解它,只觉得朗读起来抑扬顿挫,铿锵悦耳,当我背向着先生,晃动着肩膀用一种他教的特有的江西腔调背诵时,仿佛有一道和谐的韵律流贯我的全身,感到一种歌唱似的愉快,但真正启发我对诗发生兴趣的还是我的母亲。她经常和比她大四岁的姑母一道悄悄写旧诗,她的姑母(我称呼她姑外婆),就住在我家不远,常抱着一支银制水烟袋兴致勃勃地走来,在晚上和母亲娓娓谈论她们的新作。她们以为我什么也不懂,偏偏只有在这时候,我在旁边听得非常入迷。我心想,她们怎么能把一朵我平常看过的荷花写得那么美丽,连荷叶上滚动的晶莹的露珠都写出来了。还有南方的夏夜,在她们的笔下出现了月光、池塘、蛙鸣……诸如此类的自然景象,显得多么生动有趣,在我眼前展现了一片新奇而又神秘的世界。它的神秘还在于:写的这些都是我平常在生活中见到的、感觉到的,为什么她们用四句诗、八句诗就表现得那么新鲜、不平凡,仿佛是重新认识了它们一样,难道这就是诗的奥秘么?母亲在琐碎庸俗的家务之外,仿佛另有一个神秘的诗的世界。这给我童年和少年阴霾的天空,撕开了一角,透射来一线阳光,我经常好奇地偷偷打开母亲的抽屉,找到她用毛笔端端正正写下的旧诗,细心揣摩着里面的意思。后来,我父亲调到甘肃邮局工作了,母亲的诗里就出现了边塞风雪啦、阳关柳色啦、思念故人一类的词句,这时她也发现了我已能背出"少年不识愁滋味……"一些诗句时,她开始对我认真起来了,给我讲解一首一首的唐诗,教我如何对课,如何对仗和押韵……我沉浸在一种似乎摸不着、看不见、也说不清的美的幻想和形象的世界中。我开始喜欢观察赣江滔滔不尽的波浪,东湖小船上的月光,冬天马路上第一场静静的初雪,春天开遍三村的红艳艳的桃花……后来对舞台上的戏剧、电影就更加入迷了,一个十二三岁孩子眼中的世界是变幻多端和充满新鲜感觉的。这一切,我在多年以后才理解到,艺术的准备也许真有一个"原始积累期"的过程吧,尽管"积累"的方式和道路各不相同,对于我来说,母亲播撒在我幼小心灵里的种子,难道不就是她梦幻中自己写诗的愿望么,她在有意无意间培养了我对诗的喜爱,几乎像乳汁变成了我身体里的血液一样。这种深刻的印象,不是刀刻下来的痕迹,而永远像经过我自己的味觉、视觉、听觉得来的心的记忆,使我一生沿着这条喜爱的道路愉快而又艰难地走下去。为了感谢她——我的诗的启蒙者和导师,我在二十七岁在上海出版我的第一本诗集《诗第一册》时,在扉页上我虔敬地写下了一行字:献给母亲柳德芬。

我的第一首诗

1933—1938年,我在南昌私立豫章中学读书。那所学校管理严格,弥漫着基督教会沉闷的宗教气氛。我印象最深的不是高耸的教堂、明亮的课室、绿茵茵的草坪和幽静的林荫小路,我和比我大两岁的同学文健,我们最喜爱的是学校后面一片空旷的沙地。南昌人叫它"沙窝子",我们管它叫作"沙漠"。那里真是一个空阔自由的世界,人迹罕至,只有不远一座古龙光寺,早晨飘出一声声令人颤栗的荒凉的钟声。沙地后面还有一个长满栗树和松树林的小山岗,春天飞鸟云集在树枝上鸣叫,使它更显得像一片深沉静穆的小森林。我和文健从小就不信仰上帝,星期天我们就约好从去教堂做礼拜的长行列中逃出来,偷偷跑到我们的鲁宾逊飘流的这块"沙漠"里。那时我十三四岁,文健十五、六岁,他比我高两班,彼此志趣相投,我就像他的影子一样跟随着他。我们占据这块圣地很久了,不但熟悉它的全部地形,而且知道哪段浅沙里能挖出骷髅头骨,哪里能掘出一些破罐罐、发了绿锈的古铜钱。那荒草丛中几间荒废了的养鸡场的破房子,几乎就成了我们快乐的天堂。就在这个破败的木屋里,我们读过拜伦、雪莱和济慈的诗。到了1936年,我们醉心的是巴金的《海底梦》、何其芳的《画梦录》、曹禺的《雷雨》……还有当时的一些刊物《萌芽》《奔流》《诗刊》《水星》等等。巴金的小说使我们热血沸腾,想远走高飞。卞之琳、何其芳、丽尼的散文、诗歌使我们沉浸在美丽的幻想里,用想象的彩线编织着一个个年轻人的金色的梦。我们正从少年的脚步走向青年绿色的门槛,对世界上任何美好的事物都想探索和追求。我们贪婪地如醉如痴地读着书,既没有人指导,也无从问津,图书馆里各种杂七杂八的书籍,都使我们像河马一样吞吃下去。尽管生活圈子狭小,但中学里外国牧师的伪善和趾高气扬,中国牧师可怜巴巴的生活和卑屈的眼神,隔壁姊妹学校——葆灵女中(经过我的姐姐和女同学)传出来的奇闻轶事,使我们在校园生活这堵墙的里面,一种被隔绝而又突破不了所产生的空虚和寂寞,往往使我们把这片"沙漠"既作为逃避之所,又作为抗议教会学校禁锢我们的灵魂,有意把它变成我们一块真正自由的精神阵地。也许这种潜在的叛逆思想和被禁锢的寂寞,就是我们想写诗歌的重要的诱因。我断断续续写了一些幼稚的篇什,文健更写出了一批早期的诗作。记得1935年尾,就在"一二·九"运动那一天,我们和学校寥寥几十个同学偷出校门赶在游行队伍的后尾,参加南昌各中学的队伍在马路上游行,后来队伍被反动当局冲散了,我和文健回到了"沙漠",很长一段时间里,都感到无比的愤懑和怅惘,但思想上又苦于找不到出路,一个十五、六岁的青少年,却过早地被一种人生的忧患意识笼罩着,尽管这种意识是朦胧的、抽象的,正如文健对我说过,我们不会有少年维特那样的烦恼,但是黑暗、寂寞的生活却有可能使我们早熟。记得过了年,寒假中的一天上午,冬天淡淡的阳光照在小树林顶上,我躺在沙上望着飞絮般的白云,听着龙光寺的钟声,仿佛是一声声的问询,我们将向哪里走?我觉得浑身发热,百感交集,坐起来就在笔记本上很快写成了一首诗——《在森林中》:

> 我漫步,
> 在森林中,
> 听,岁月里
> 悠悠的风。
>
> 我听到:
> 远处的山上的钟,
> 像永久的歌声
> 上升到天空。
>
> 谁的一个声音,
> 在森林中?
> 谁的一个声音,

又在森林中？

远处的风；
山上的钟；
我将向哪里走，
在森林中。

我颤颤抖抖地递给我的第一个读者和评论者文健,我怀着一种极端的恐惧感望着他凝神读诗的眼眉,看他扬起眉毛还是垂下来,如果他说一声:"不行!"那么我在写之前所感到的纷纭复杂的情感,也许一下就会变成一堆死灰,在风中化为乌有。如果他说一声"行"！我可能在眼前立刻出现霞光万道,感到眩晕。没想到,他沉默了很长的时间,才认真严肃地望着那片小森林,并没有面对着我轻轻地说,你刚满十五岁,才过了十六岁几天,怎么就对人生发出问号了呢?！就这样写下去,我们一生就这样写下去,不管遇到什么挫折和失败,再也不要停下这支笔……在沙地上的这一次谈话,是我受到的第一次严肃的文学评论,也许就是我们青少年时代的一个盟誓,一个开始,不管诗的种籽多么嫩弱,我们却在心里顽强地萌发起来,我们真的就这样一直写下去了。

后来,我写诗了,再也没有间断过……

1939年,文健在武汉大学中文系用"易铭"的笔名写诗,已在大学闻名。闻一多先生当时教他,曾对同学们说过,文健是他教过的学生中的一个诗的天才。不料日本侵略者轰炸四川乐山,武大遭到炸弹,文健不幸被炸牺牲。他的女同学肖子璜把他的遗作和当时的情况写信告诉了我,给了我最大的悲痛,我回想起"沙漠"上的许多可怀恋的日子,感到两个人的工作将由我一个人承担，更坚定了我走上诗歌创作的道路。我将我的第一首诗保留下来，作为对他永久的纪念。

诗歌的海洋

1938年，我从南昌到了甘肃。在西北六年多的时光，我经历了抗战，读完了大学，漫游过甘、宁、青一带游牧草原。使我睁大了眼睛看到了广阔的世界，而印象最深的是我在少数兄弟民族地区，看到了"诗歌的海洋"。当我听到美妙的民歌、牧歌、花儿从草原升起，正如蒙古民歌中唱的："我的心就沉入了诗海的深处"。

我一到兰州，考进了甘肃学院文史系。很快就参加了抗战宣传活动——演话剧、朗诵诗。当时写诗的青年朋友夏传才、犁荒和稍后从四川来的女诗人陈敬容……我和犁荒不但在群众中朗诵艾青、田间、高兰的诗，我们也都为赵西主编的《现代评坛》和报纸副刊写抗战诗。我写了《我们的七月》《冰原的故事》《游牧人》等等，写得很快，数量也多。当然，这些诗都是不成熟的、幼稚的，不过是一点激情的火花。但它有了一个新的起点，那就是从现实出发，要求有战斗性和鼓动性，这和茅盾先生在兰州给我们讲的抗战文艺的要求是一致的。另方面，我和文健从开始学习写诗，就是沿着闻一多、戴望舒、卞之琳、何其芳、艾青的诗歌道路走下来的，我们酷爱诗的美和它的艺术性，注重意象和象征性抒情。古典诗词中则崇爱李白、李商隐、纳兰性德，而抗战诗需要明朗、畅晓、直抒胸臆，恰好要求自己走向另一个极端，这个创作上的矛盾，直到我漫游草原，从生活中接触了许多兄弟民族优美的民歌以后，才逐渐得到解决，摸索到一条艺术道路。

我在另一篇《在诗探索的道路上》,曾经谈到少数兄弟民族给我的滋养:"回族朋友帮助我了解穆斯林的宗教生活,维吾尔族兄弟向我叙说他们古老而又辉煌的历史,蒙古族的猎手给我描绘沙漠中可怕的沙暴,蒙古老牧人的马头琴奏出了成吉思汗英雄的史诗,藏族的女歌手给我们唱出了一支又一支好听的歌,我不知不觉地渐渐生活在他们中间……许多生活里的故事实在太多,所见所闻足够我写一本小书……"这本小书就包括他们给予我的诗歌的营养和艺术的血液。他们在告诉我这一切时,没有一个人是用枯燥抽象的语言来表述的,而总是运用最优美和丰富的形象。例如藏族的一部格言诗《水树格言》和萨班·贡噶坚参的另一部《萨迦格言》,尽管它们是深奥的哲理诗,仍然充满了生动、鲜明的形象。在这深深的感染下我从新诗的角度作了探索,写了《蒙海》《拉伯底》《回教徒》《旅行》《故事》《穆罕默德》《辽远的故事》(关于仓央嘉措的传说)等诗。我甚至把我熟悉的西方十四行诗的形式、格局、构思……和民歌、牧歌经过嫁接,或者说经过渗透、溶解、化合提炼成一种中国式的移植改造过的十四行诗。有些在1946年发表在郑振铎、李健吾先生主编的《文艺复兴》上,得到了两位前辈的肯定与鼓励。在若干年以后,我才进一步理解到,兄弟民族的民歌、史诗、传说……给我无形的滋养是丰富的,概括地说来:一、民族的气质;二、生活的源泉……三、诗的真与美、想象的翅膀、即兴的灵感、夸张的比喻……四、诗歌中民情风俗的描绘、气氛的渲染;五、语言形象的提炼、结晶。等等。

这些试验我一直在默默地进行,它们并不成熟,好像矿穴中一个寂寞的采矿工,并不能预测出矿石未来的结晶品究竟会是什么……

在西北联大的四年，我依然把深藏在内心的"诗歌的海洋"带来了。恰好联大不少的老师是北大教授，弥漫着北大所固有的学术思想自由和诸子百家争鸣的传统气氛。这对我们喜爱文艺的学生非常有利。我的诗歌探索得以继续进行。我们当时写诗译诗的同学有扬禾、郝景帆、姚昕、孙艺秋、李满红……我们的风格是各不相同的，就像同一片阳光照耀的园子里几棵不同的树，通过各自的根须枝叶并排地生长着。教授中我特别感激杨晦、盛澄华两位可敬的老师。杨晦先生讲授《作家论》（讲艾青、田间、曹禺等作家）、《文学概论》《各体文习作》等课程，他一贯以进步思想引导和影响学生。盛澄华先生那时才二十九岁，为了回祖国参加抗战，刚从法国巴黎回国，他讲授《英诗》《法国现代文学》等课程，他对法国作家纪德、诗人艾吕雅、阿拉贡都有精湛的研究。我经常在课外到他家向先生请教，他对欧美前期现代主义既有深刻的分析研究，对后期又有敏锐的感受，对法国浪漫主义的得失利弊也多所阐发，启发我们从比较、分析、鉴别中得出实事求是的看法。我所尝试的中国式的十四行诗，他在内容、形式、音韵、结构等等方面，都耐心给予指导，使我慢慢探索到它完全有可能移植（经过改造）成为中国新诗的形式之一。后来我运用这个形式写了不少西北十四行诗。

盛先生对自己写作和翻译都认真严肃，他教会了我：一、为了完整地表现进步的丰富的思想和认识，需要丰富多样的形式，也需要高度的艺术技巧。二、诗歌创作要在艺术方面起点作用，要提出新的东西，创新的东西：没有创新，诗的生命也就停止了。三、应当终生禁止自己写得马虎、草率。这三点他和我相约彼此遵守。我以先生的教言作了座右铭。这也许就是我日后虽然不停地写，却发表得特别少的原因之一吧，当然，自己对作品总是感到不满意则是更大的原因。(盛先生刚解放不久在北大西语系入党。1948年他参加南下工作团时,我在上海森林出版社,他要求我把他已排印的翻译的纪德小说、自己的散文集《浴》烧毁,可见他对自己思想要求的严格,和对文学的严肃态度,可惜他在"文革"中不幸逝世了。)在我学习写诗的道路上,我能遇见许多教导我、帮助我的老师,是我最大的幸福。

雾重庆的阳光

西北联大毕业后,回到兰州教书和从事剧运,第二年反动当局要逮捕我,得到地下党同志的帮助,我到了重庆。由于参加了当时进步的戏剧活动和民主运动,我结识了诗人力扬、孟超同志,他们又介绍我认识了何其芳同志,他当时在中共代表团负责重庆的文艺、戏剧工作。我青少年时代就读过他的诗,很快就变得亲近。为了当时的活动,他们常来我教书的学校和剧团商量工作。他对于知识分子的思想改造、对于诗歌许多精辟的见解,都对我有很深的教益。宛如雾重庆的阳光,使我感到明亮和温暖。我只是一个刚毕业两年的青年,精力充沛,就跟着力扬、孟超他们工作。我投身到当时反戡乱、揭露美蒋黑暗统治、争取民主的火热的运动中去了,也有机会深入到学校、煤矿和社会生活底层。我写了一些较有生活气息的《严肃的时辰》《女犯监狱》《挖煤工人》《雾》《你走了》《最末的时辰》等等诗作,国民党为了全面发动内战,表面上请来了美国马歇尔作调解人。我们为了揭破它的真相,《新华日报》让我在头一天赶写了讽刺诗《五星上将》,在他到达重庆那天,就在副刊上"欢迎"他了,起了一些讽刺作用。1946年民主战士闻一多、李公朴烈士先后壮烈牺牲,我们对美蒋特务的血腥罪行无比愤怒,在重庆我们布置了庄严肃穆的追悼大会,我当时写了《圣者》《墓旁》。后来发表在上海《诗创造》上。还有《雾》《时间的焦虑》等诗,都是及时配合政治形势、任务的习作,也是"遵命文学"。但它们从火热的斗争生活产生,不但弥补了我过去远离现实生活的缺陷,而且在我思想上升起了一线阳光,使我懂得诗歌永远是献给伟大的母亲的,这位伟大的母亲就是人民!

《中国新诗》片段

1947年,老诗人辛笛、杭约赫(曹辛之)、陈敬容、唐湜准备在上海创办诗刊《中国新诗》,约我参加编委工作,我从重庆到了上海。

由于篇幅的关系,我只能撷取回忆中一个片断。

这个诗刊在临近上海解放前一年多复杂的斗争形势下诞生。当时地下党的文艺领导人雪峰同志,通过蒋天佐同志给予刊物以很大的帮助和指导。它的现实斗争目标是明确的。与此同时,我们主张沿着"五四"以来新诗优良的传统,继承各种创作方法和流派的艺术特色,并注重吸收西方诗的表现技巧,形成自己独创的艺术风格。这种共同的认识和要求,使我们会合了西南联大三位诗人穆旦(查良铮)、郑敏、杜运燮。他们三位是老诗人卞之琳、冯至的学生,和我们过去所接受的影响是很接近的。这使我们在诗歌艺术风格上有共同的倾向,同时又保持着各人自己的独特风格。特别是诗人艾青在整个抗战诗歌中的巨大影响,从他早期的《芦笛》《巴黎》《马赛》直到《北方》《向太阳》《火把》……使我们在诗歌的战斗性与艺术性方面受到较大的启示。

在《中国新诗》中,我发表了抒情长诗《时间与旗》,揭露国民党反动统治的全面崩溃,欢呼人民的旗帜将在解放战争中高高升起,迎接人民共和国的到来。还有《游行日所见》《蓝伽夜歌》等等作品。出版了诗集《诗第一册》。

这个阶段,创作热情很高,写得也比较多。我更多地学习和运用西方现代主义的表现方法,受到里尔克、艾略特较深的影响。但感受最深的已不是作品的得失,却是愈来愈深的发表之前的恐惧感,不是害怕特务的追捕和搜查,而是由衷地害怕读者对我的诗作感到枯燥乏味。觉得读者花费了时间读一首诗,总应该得到一点新东西,一点思想上的收获或者是艺术享受,结果作者给予的却是一块硬蜡或者是一坨棉花,那为什么要白白浪费读者宝贵的时间去咀嚼它们呢?这在《中国新诗》时,这个体会是深切的,一直影响到后来。1950年以后我在《人民文学》工作,几乎有四、五年虽然也写却没有发表,就是这个原因。

1981年,江苏人民出版社出版了诗合集《九叶集》选了我们九人当时一些作品,时间隔了三十三年,我们对读者所怀有的深深的敬意,使我们有着更为不安的恐惧感,据曹辛之同志不久前来信,他将全国报刊上发表的四十一篇评论文章告诉了我,以便我在一篇回忆《中国新诗》的文章中作非常有益的参考,我怀着感谢的心情认真读了每一篇评论家的文章,对我们检查、回顾过去,是一个有力的鞭策和鼓舞。正如我前面写到的:黑夜,沉淀下来的,是几颗闪亮的星粒,照耀我们去接近黎明的晨曦……

初刊于《飞天》1984年第8期

在诗探索的道路上

——寄给 H. S. 诗简之一

年轻的朋友,你让我从诗探索的道路上,采撷一些经历过的往事告诉你(我不能回答你提出的所谓"经验",因为我确实很少)。但你的呼唤和要求,却使我许多天来沉浸在回忆之中。我只能写下一些片断,真像是雪地上鸿雁的凌乱的爪印,作为我寄给你的书简。

诗人的创作

作者们一般不愿意谈论自己的创作,这不仅是出于应有的谦虚,也由于作者自己特有的形象思维、生活经验和艺术表现,有时和理论的阐述不大能协调一致;而且也因为作者的创作过程是各式各样,因人而异的,有多少诗人就会有多少对生活不同的观察、体验和感受,各人不同选择题材的方式和工作方法。我们看到,诗人最好的作品,又往往是他生活经历中留藏在内心深处的形象结晶,甚至是他在某一瞬间理智和感情结合的一个丰富的意象。这种意象的独创性几乎是独一无二的,是别人所不可能重复的。因此,诗人们经历的道路也是千差万别的,也许只有他才能走进属于自己的那一块创作的领地,即使是一个寒冷的窑洞,他也会感觉到那是自己惊人的、美妙的领域。

当然,诗人创作劳动中共同的特点还是有的,那就是应当生活在时代的海洋中,在生活中不断进行思考,和人民的脉搏一同跳动,表达今天人民的愿望和心声,用诗的火焰燃烧自己,照亮别人。因此,诗人必须善于用自己的心去发现别人的心灵的美,用独特的艺术手法去表现人们的社会行动和丰富的精神世界。诗,不只是时代的回声,而且它应当是时代的预言。诗人看见潮湿的树枝上一朵发暗的骨朵,便预感到春天的来临;听见产房中传出第一声婴儿的啼哭,就仿佛看见了未来的希望。当然,他也会敏感地从一片乌云后面预见到阴暗的暴风雨……总之,诗人经常是带着敏锐的眼光,对世界怀着惊奇和新鲜的感觉的,他有自己思想的触角和感情的吸盘,善于感受形象、色彩、音乐和语言的韵律,用生动、准确的文字符号来表现思想。本来是生活中存在的不显眼的事物,经过他的发现和转化,便觉得我们周围原来有着这么浓厚的诗意,现实中存在着这么多的真、善、美的事物和感情,同时也有着多少假、丑、恶的必须清洗掉的脏东西。诗就是这样使人们感动、思考和惊醒的一种艺术。

如果抱着这种艺术观点来看待诗——而我的这个观点大体上符合创作实践的话,那么,你决不会用过时的思想、昨天的语言、枯燥的笔触来描绘今天新的事物。

让我们学会在生活中进行思考,把握住时代的特点,写出理智和感情结晶的意象的诗来。

远方来信

我在新诗的道路上摸索了很久,尽管我的所得是微不足道的,但是,时间的长河依然给我留下一些珍贵的东西。

也许回忆是美好的,有一些写诗道路上的琐事使我至今难忘。

1937年,我在南昌读书,远离了我的故乡苏州,我正是个十六七岁的高中学生。当时抗战的烽火燃遍全国,我激于热爱祖国和家乡的感情,从写个人抒情小诗,转而写起抗战诗歌,宣传抗战。那时,巴金先生在香港办了一个名叫《烽火》的杂志,几个同学怂恿我投寄了两首小诗去——那当然是非常幼稚的作品和行动。不久香港沦陷,我再也没有得到回音,以后就完全淡忘了。1938年我从江西逃难到兰州我父亲那里(他在邮局工作),不久,考进了西北联大。在1939年的一天,我忽然收到一封远方的来信,是毛笔写的很流利的字迹,信里署名是端木蕻良,大意是说我投寄给巴金先生的两首诗,由于《烽火》停刊,转到香港《大公报·副刊》发表了。香港沦陷,巴金先生正在向内地流亡,行踪不定,托他写封信来,并鼓励我以后多写诗……这封长达三页的信,在战时辗转流徙了上万里路,才转到我的手中,信上的语言是那样自然、热忱和诚恳,使得当时在联大和我同一个宿舍写诗的同学扬禾、李满红都非常感动,我没有想到像巴金先生那样一位老作家,对一个青年学生写的小诗,竟然这样认真负责,慈惠地给予帮助和鼓励。他自己在颠沛困顿的流亡途中,还嘱托另一位知名作家写信来垂询一个陌生青年,这事实本身就富于诗的真挚感情,我收到的不是一封作家的信,而是战争动乱的流亡生活中一首动人心弦的诗。

在许多年之后,我才从痛苦的经历中体会到,这岂止是一首诗,而是一道永远不会消逝的心上的刻痕。它不仅铭刻着一位老作家那颗真诚的心,随着时间的推移,它远远超越了事实本身的意义而发出异样的光彩。

事隔十四年之后的1953年,我在《人民文学》工作时,我去约端木蕻良先生的小说稿,我和他是头一回见面,我就向他并请他转致巴金先生以郑重的感谢。同时我告诉他青年诗人李满红(这回我才知道端木先生和李满红是东北同乡和朋友)在陕南因贫病交加不幸早逝的经过,就在这位年轻诗人最后的时刻仍叨念着巴金和端木蕻良两位作家的名字。这使他感到悲痛和惊奇。

这使我想到:一件偶然的小事、一次不期而遇的邂逅、一回意外的遭际,它都有可能在一个人心灵上留下深刻的痕迹,如果真正感动过你,使你内心震惊过——甚至是别人看来微不足道的往事和回忆。我记起一位外国作家说过的一句动心的话:"啊,心的记忆啊,你比理性的悲哀的记忆还要强烈……"

当然,以后我还不断有幸得到其他前辈诗人的教诲和帮助,但每当我回想在诗探索的道路上,迈开最初的怯生生的脚步时,那封偶然的远方来信,便会在我记忆中闪闪发光,它是那样强烈,那样动人,使我情不由己地要告诉你,告诉爱好诗的年轻的朋友们,尽管你们今天生活在充满诗意的年代,生活在光明和欢乐之中……

但是,记住:心的记忆啊,它永不会消逝,它近于一种启示,一种默契,在你心中产生力量,召唤你在将来写出闪光的诗篇。

一首诗的诞生

那是在1943年,也是我离开学校的第二年。一个偶然的机遇,我随我的苏州同乡吴晓邦去青海,他是一位全国闻名的——在我眼中是个极端刻苦勤奋而又富于创造力的——舞蹈家。他去西北搜集兄弟民族的舞蹈。我是个刚跨出大学门槛的学生,去考察历史和搜集民歌。

这趟旅行,使我又看到了辽阔的大草原,稀稀落落的蒙古包、帐篷、放牧的羊群、牛群,不过是地平线上浅浅的一条杂色的线,而蔚蓝的天空广阔得一望无边,远处和近处堆积着大海里白浪一般望不尽的云彩,粗粗一看云是静静地凝住不动的,稍一转眼却又变化无穷,令人惊叹大自然的美。而在藏胞的帐幕里,我又听到了动人的情歌,再次听到了流传在群众口头的仓央嘉措的情诗,尤其是在青海西宁鲁萨尔镇的金瓦寺里,我看到金碧辉煌而又幽暗阴森的庙宇和经堂,香烟缭绕的庄严的佛殿,接触到当时黄教和红教的喇嘛僧侣,和许多蒙、藏、羌族等兄弟民族的生活,我完全被他们真挚、纯朴、善良的感情所感动,为一种新鲜和美好的生活图画吸引住了。

后来,我又在西北不少地区旅行。回族朋友们帮助我了解穆斯林的宗教生活,维吾尔族兄弟向我叙说古老而又辉煌的历史,蒙古族的猎手给我描绘沙漠中可怕的沙暴,蒙古老牧人的马头琴奏出了成吉思汗英雄的史诗,藏族的女歌手给我们唱出了一支又一支好听的歌。我不知不觉地渐渐生活在他们中间,我也看到了他们在旧社会悲惨的命运和痛苦的遭际:一个羌族姑娘的羊群,被反动派的兵士化装成暴徒抢走了,她美丽的脸庞突然变得那样悲伤、绝望;一位从南疆来金瓦寺求神的老牧人,他一路走几十步就跪拜一回,走了几千里,满面灰沙风尘,白天我还和他在寺院里攀谈,第三个晚上我就看见他倒毙在寺院的门外,在幽秘的鼓声中离开了世界;还有在甘肃兴隆山我遇见蒙古妇人——蒙海,她和几十个蒙族人都是山上守成吉思汗灵柩的成员,抗战时成吉思汗的棺椁、盔甲、长矛"苏尔丁"都从内蒙迁放在山上。我听他们叙述蒙古英雄的史诗,受到极大的震动,尤其蒙海怀恋沙漠故乡唱出的歌谣,那声音凄凉又哀怨,真是动人极了,像这许多生活里的故事实在太多了,所见所闻足够我写一本小书。

我之所以要回忆起这些,我想说明当时我完全不是为了搜集写诗的材料,我从来不这样做,手里拿着一个小笔记本,去找人问这问那,像个采访记者,或者像搞外调的人那样,生怕自己忘掉了什么细节材料,而强迫自己去记录,当然,如果说为了调查历史,或对一个陌生的地区的专门知识作些深入了解,而去记录一些必要的资料,那当然是可以的。但作为对生活(包括人的精神世界在内)的观察和感受,那是不会有所得的,就是当时认为是难得的成功和观察,或者一个现成的故事,当你凭记录材料移到稿纸上时,那也会失去原来的气味和表现力,写出来总是一朵苍白枯萎了的花。因此,我根本不特意去搜集材料,我只是在他们生活中一同快乐和痛苦,许多大大小小的事情引起我不停地在生活中思索。

更为重要的是,我总认为只有心上的刻痕才是珍贵的,它是从生活中留在内心深处形象的结晶,它藏在你记忆和宝匣之中,当你诗情汹涌,感到非要写出它时,它会从容地从你脑海中浮现出来,也就是说那些客观事物经过你自己的转化,已溶解成为一个全新的意象,一幅完全独立的图画,一连串诗篇里闪光的珍珠,它变成活的有生命的东西——一首诗在这个时候真正诞生了。

我上面提到遇见蒙古妇女蒙海的经过,在离开她很久以后,当时为了宣传抗战,号召各兄弟民族大团结一致抗日,我应一个剧社约请导演阳翰笙的话剧《塞上风云》,我重新接触了这方面的生活,但蒙海的影子突然浮现在我的面前,她嘴角上的微笑,聪明而有点狡黠的眼神,甚至头套上五颜六色的珠子,在我记忆中十分清晰地出现了,我觉得不把她写出来就对不住她似的,使我整夜难眠。后来我终于写成了《蒙海》。自然,这已经不是那个真正的蒙海了,我把抗战时失去故乡的蒙古妇女对沙漠的怀恋;我从蒙古史上读到的成吉思汗的英雄事迹;现实中对日本侵略者的愤恨,都溶解在这个形象里面了。另一首《游牧人》则是写一个羌族少女的遭遇。

为了让你了解写诗不能凭借笔记本上记录的材料,而要在生活中进行思考,要把生活中感受的一切经过自己的转化,重新创造出一个艺术形象。为了使这些思想表达得更加明确些,我把两首十四行诗引证在下面。尽管这是我年轻时写得不成熟的作品,却正可以作为一首诗的诞生的例证。

蒙海(1938)

蒙海,一个蒙古女人,
三十岁了,还像少女一样年轻,
她说一串难懂的言语,
告诉我来自遥远的沙布尼林。

她穿着旧日的马靴和羊皮衣,
头套上的珠子夸着衰落贵族的富丽,
她唱一支牧羊女的谣曲,
说是成吉思汗的后裔。

那谣曲唱出了沙漠一千个城廓,
苏尔丁长矛征服过俄罗斯、埃及、美丽的多瑙河……
欧洲人都颤栗地跪在蒙古人面前,
全世界游牧过我们金黄色部落。

蒙海,突然静止在谣曲的回响里,
像远方鞭牧着马羊的故乡。

游牧人(1938)

看啊,古代蒲昌海边的
羌女,你从草原的哪个方向来?
山坡上,你像一只纯白的羊呀,
你像一朵顶清净的云彩。

游牧人爱草原,爱阳光,爱水,
帐幕里你有先知一样遨游的智慧,
美妙的笛孔里热情是流不尽的乳汁
月光下你比牝羊更爱温柔地睡。

牧歌里你唱:青青的头发上
很快会盖满了秋霜,
不快乐的生活啊,人很早会夭亡
哪儿是游牧人安身的地方?

美丽的羌女唱得忧愁；

官府的命令留下羊，驱逐人走。

（引自《文艺复兴》1946年9月号）

至于你问我为什么要写十四行诗，又问到《九叶集》和四十年代《中国新诗》的情况，你感到很有兴趣，并想研究它，这也都引起我很多对往事的回忆。也许我就以它们作题目，写在下一次给你的书简里。

初刊于《诗探索》1982年第3期

唐祈年谱

1920 年

4月4日(农历庚申年二月十六日)生于江西南昌,本名唐克蕃,笔名唐那、唐祈,祖籍苏州。兄弟姐妹四人。姐唐佩兰;兄弟中唐祈排行老大,二弟唐克存,三弟唐克家。

曾祖父唐元耀,祖父唐□昇,系苏州富户。父亲唐宜南,又名唐绍熙,大学毕业后先在苏州、南昌等地的邮政系统工作,1931年调甘肃邮务局,1947年调陕西邮务局。在兰州期间,家居城关区木塔巷。母亲柳德芬,湖南长沙人,出身于中医世家,知书达理,"爱写古体诗,富于幻想,对人宽厚热忱,又总怀着悲天悯人的忧患意识,给了我极深的影响,使我从小热爱诗歌"[1]。姑父汪汲清与家庭教师郭子文喜京剧,使唐祈得到了戏剧的熏陶。小叔唐绍辉与唐祈交集较多,1942年曾因参加进步活动被捕,关押在西安劳动营,1949年后任江西庐山干部疗养院大夫。

唐祈幼时家境颇丰,母亲聘家庭教师教他们姐弟国语、英语、数学,受到了良好的教育。

---

[1] 唐祈:《唐祈诗选·后记》,《唐祈诗选》,人民文学出版社,1990年版,第173页。

1930—1933 年

在南昌私立豫章小学读书,同时,母亲请了一位老先生教唐祈姐弟读四书五经。

1933—1937 年

就学于南昌私立豫章中学,高中二年级肄业。期间结识文健。文健笔名易铭,是唐祈诗歌的领路人之一:"那时我十三四岁,文健十五六岁,他比我高两班,彼此志趣相投,我就像他的影子一样跟随着他。"①文健 1939 年在武汉大学(时武汉大学迁住四川乐山)读书时,死于日寇的轰炸。"闻一多先生当时教他,曾对同学们说过,文健是他教过的学生中的一个诗的天才。"②自此,唐祈认为他是为他们两个人写诗。为了纪念他,唐祈将文健的长诗《醉歌行》发表于《现代评坛》第 5 卷第 4 期(1939 年 10 月)。

中学期间,"读过拜伦、雪莱和济慈的诗。到了 1936 年,我们醉心的是巴金的《海底梦》、何其芳的《画梦录》、曹禺的《雷雨》……还有当时的一些刊物《萌芽》、《奔流》、《诗刊》、《水星》等等"③。1936 年写出第一首诗《在森林中》,得到文健的赞扬,并鼓励唐祈"不管遇到什么挫折和失败,再也不要停下这笔",自此唐祈视诗歌为生命,"我写诗了,再也没有间断过"④。1936 年创作《河》,1937 年创作《旅行》等诗歌。

其时,豫章中学校长为夏家珗。唐祈国文教员为郑长庚,同学有徐予俱、徐予侃等。

---

① 唐祈:《诗歌回忆片断》,《唐祈诗选》,人民文学出版社,1990 年版,第 193 页。
② 唐祈:《诗歌回忆片断》,《唐祈诗选》,人民文学出版社,1990 年版,第 196 页。
③ 唐祈:《诗歌回忆片断》,《唐祈诗选》,人民文学出版社,1990 年版,第 194 页。
④ 唐祈:《诗歌回忆片断》,《唐祈诗选》,人民文学出版社,1990 年版,第 196 页。

1938 年

2月至6月,在南昌私立葆灵女中读高二。

8月,因父亲在甘肃邮务局任职之故,举家迁至兰州。唐祈也借此第一次领略到了西北风光、少数民族歌谣、风俗,与西北有了不解之缘。

9月,考入甘肃学院(现兰州大学前身)文史系学习。期间,曾参加抗战演剧活动,如参演塞克在兰州导演的《突击》。结识刘育斋、张洁忱、阿蔡、聂青田、樊大畏、邢子仪、夏传才、犁荒、赵西等,后在赵西主编的《现代评坛》发表诗作,笔名唐那。

是年,创作《河边——边塞十四行诗之七》《蒙海——边塞十四行诗之八》《游牧人》《拉伯底》《回教徒》《穆罕穆德》《仓漾嘉措的比喻(四)》等诗歌。

1939 年

1月5日,茅盾到兰州,滞留将近两个月。赵西、唐祈等以甘肃学院同乡会的名义先后请茅盾作《抗战与文艺》、《谈华南文艺运动》报告两次。

7月,在赵西主编的《现代评坛》第4卷第21期(1939年7月7日)发表《我们的七月》,署名唐那。这是首较长的抒情诗,十四节六十五行,具有明显的抗战诗风。是目前见到的唐祈最早发表的诗歌。

10月,考入在陕西城固的西北联合大学历史系读书。其时历史系主任为陆懋德。文学系杨晦教授及留学法国的盛澄华先生对唐祈影响最大,尤其盛澄华先生:"我所尝试的中国式的十四行诗,他在内容、形式、音韵、结构等等方面,都耐心给予指导,使我慢慢探索到它完全有可能移植(经过改造)成为中国新诗的形式之一。"①喜欢波德莱尔、里尔克等诗人。

是年,经赵西介绍,结识陈敬容、沙蕾夫妇,与陈敬容结下了终生的友谊。

是年,创作有《故事》《仓漾嘉措的情歌(九)》《仓漾嘉措的死亡(十四)》《九行诗二章》《我们的七月》《短歌二章(与易铭合写)》等诗歌。

在西北联合大学期间结识杨禾、郝景帆、姚炘、孙艺秋、陈家城、牛汉、李满红等。

1940 年

是年,在兰州参加演出周彦《朱门怨》及曹禺《日出》等(在《日出》中饰演方达生)。参加新生剧社,演出阿英的《春风秋雨》、李建吾的《这不过是春天》等。

是年,创作有《送征吟》《逝水章》《冰原的故事》《招魂》等诗歌。

1941 年

是年,河南《大河日报》约唐祈导演《原野》。暑假随联大剧团到西安公演,结识李钦玉、韩悠韩、易水寒等戏剧界人士。

1942 年

是年,随新生剧社第三次到西安,导演田汉《结婚进行曲》。演出期间结识外文系二年级女生张琳(张继之女)。结识唐湜,并终生保持友谊。

是年,创作有《航海》《墓中人的歌》等诗歌。

1943 年

1月,西北联合大学毕业。在大学期间,除演剧(曾任西北

---

① 唐祈:《诗歌回忆片断》,《唐祈诗选》,人民文学出版社,1990 年版,第 200 页。

联大戏剧社社长)外,还在多个私立中学教书,以补贴家用。

2—8月,任西安保育院儿童艺术班教员及文学系主任,兼西安劳动营艺术班中校戏剧教官。

9月,到兰州工业专科学校任教,因生计故兼西北贸易委员会论文组成员,写有关于天水羊毛性能方面的材料。

1944年

2—10月,任兰州抗宣演剧八队中校队长,属第八战区政治部,部长为韦立人(韦丛芜、韦素园之弟)。参与西北剧艺社的演出,结识郭玲。曾演出《野玫瑰》。

6月7日,在《甘肃民国日报》副刊发表《评〈沉渊〉》。

7月,舞蹈家吴晓邦、宋凯莎来兰州,与之同去青海搜集民间舞蹈。①

11月,到成都。

是年,创作有《雕塑家》《恋歌》等诗歌。

1945年

3月,在成都参加应云卫主持的中华剧艺社,自传云:"在剧社前后六个月(1945年3—8月)思想精神比较自由,愉快!"②结识应云卫、刘郁民、刘沧浪、李天济等,演出有《群魔乱舞》《北京人》《升官图》《秋》等。

8月,到重庆,参加重庆演剧12队。结识力扬、孟超。之后,参与演出《家》《上海屋檐下》《大雷雨》《茶花女》等。

10月,通过孟超结识何其芳,结下了终生友谊。

下半年,在重庆私立志达中学、正本中学教书。

---

① 唐祈于《在诗探索的道路上》一文中,自述是在1943年与吴晓邦同去青海,但其1956年自传中说是1944年。
② 《唐祈档案·自传》未刊稿,存西北民族大学。

是年,创作有《十四行诗给沙合》《诉》《老妓女》等诗歌。

1946 年

是年,在多家私立中学教书,参加了重庆悼念闻一多、李公朴大会。

是年,加入全国文艺界抗敌协会。

以《辽远的故事》为题的三首诗《蒙海》《拉伯底》《游牧人》刊登于《文艺复兴》1946 年第 2 卷第 2 期,署名唐祈。

是年,创作有《圣者》《墓旁》《严肃的时辰》《女犯监狱》《一个乡村寡妇》《别离》《乡村早晨》《风向》《小女乞丐》等诗歌。

1947 年

重庆私立敬善中学任教。

是年,创作有《夜歌》《最末的时辰》《雪》《黄昏——给一个女演员》《雨中》《声音》《雾》《时间的焦虑》等诗歌。

1948 年

重庆私立蜀都中学任教。

1 月,导演顾仲彝编的四幕剧《梅萝香》,由怒吼剧社(1949 年底改名为新中华剧社)在重庆抗建堂公演。

5 月,应陈敬容之邀到上海,经李建吾介绍到私立致远中学任教,顶替汪曾祺北上之缺。诗集《诗第一册》由星群出版社出版,收录诗四十首。嗣后,与杭约赫(曹辛之)、陈敬容、唐湜等一起编辑《中国新诗》丛刊(1948 年 6—11 月),并经营星群出版社(后改名森林出版社)。

7 月,以《辽远的故事》为题,发表《回教徒》《故事》于《人世间》第 2 卷。

是年,创作有《游行日所见》《五月四日》《你走了》《雪夜森林》《三弦琴》《蓝伽夜歌》《郊外一座黑屋》《风暴》《在墓园中》等诗歌。结识蒋天佐等。

1949 年

年初,在《中外影艺》创刊号上发表《新年试笔:向一九四九年跨步》一文。

8 月,至北京华北革命大学政治研究院学习。

1950 年

8 月,北京华北革命大学政治研究院毕业。

9 月,至北京师大附中教书。

1951 年

2 月,任《人民文学》编辑部小说组编辑。

8 月,参加中央土改团第二团并赴广东新会县四区参与土改运动,任队长。

1953 年

任《人民文学》小说散文组组长。

1954 年

参加中国民主同盟。

1956 年

11 月,与吕剑同到《诗刊》编辑部,参与《诗刊》创办事宜。

12 月,《献给埃及的诗(三首)》发表于《人民文学》。

是年,在《人民文学》发表《短篇为什么不短》,在《文艺报》发表《一组出色的抒情诗》等文。

1957 年

1 月 25 日,《诗刊》创刊号发行,主编臧克家,副主编徐迟,编辑吴视、吕剑、唐祈,1964 年 12 月停刊,此期间共出八十期。

3 月,《三月的夜晚》《苏联专家阿芙朵霞》发表于《教师报》。

4月,《水库三章》发表于《诗刊》。

5月,在《戏剧报》发表《厉慧良的艺术才能》,在《处女地》发表《公刘的诗》。

8月,4日新华社电讯、5日《人民日报》刊出报道《勾结文汇报记者向党进攻——〈人民文学〉编辑部揭发吕剑、唐祈等的罪恶活动》。嗣后,《文艺月报》9月号亦发表田之《"人民文学"反右派斗争获初胜——剥露唐祈、吕剑的原形》的批判文章。

是年,被打为"右派"。

1958年

4月,到北大荒密山农场、清河农场劳教。据杜高先生回忆唐祈也曾在兴凯湖农场劳教过。①

6月1日,与高颖如结婚。高颖如(1924年5月—2005年4月)河北武清县(现天津市武清区)人,1947年北京私立艺光美术学校国画系毕业(学制四年),1951—1965年任人民美术出版社编辑。期间,曾主编或与他人合作出版《中国民间剪纸艺术》《宋人画册》《水云天书苑》等,有较大的反响。其中《宋人画册》出版于1957年,曾于1959年参加德国莱比锡书展。1965—1981年任江西崇义县文化馆干部。1981—1988年任西北民族学院畜牧兽医系教辅,1987年聘为工艺美术师。2005年4月12日病逝于上海。

是年,写《北大荒短笛》组诗之《黎明》《心灵的歌曲》《土地》《水鸟》《爱情》。

---

① 参见杜高《生命在我》,作家出版社,2014年版,第96页。

1959 年

写《北大荒短笛》之《短笛》《旷野》《坟场》《小湖岗的雨夜》。

1960 年

写《北大荒短笛》之《永不消逝的歌》。

1961 年

12 月,摘掉"右派分子"的帽子。

1962 年

年初,回到北京养病。

12 月,下放江西崇义县,任崇义县中学教员。

1964 年

2 月 5 日,江西崇义县中学考察鉴定云:"在反修斗争和两条道路斗争中,表现一般,在一年多时间内未发现问题;能服从学校领导,与其他教师关系好,但为人世故;工作能力强,教学效果好,受到学生好评,但体力劳动差。"①

1971 年

4 月 3 日,江西崇义县"革命委员会"决定:"戴回'右派分子'帽子,清洗出干部队伍,交群众监督劳动改造,每月发二十元。"②

1975 年

8 月 25 日,江西崇义县"革命委员会"复查决定:"取掉'右派分子'的帽子,把唐祈收回重新安排工作,恢复行政二十级,过去工资不予补发。"③

---

① 《唐祈档案·自传》未刊稿,存西北民族大学。
② 《唐祈档案·自传》未刊稿,存西北民族大学。
③ 《唐祈档案·自传》未刊稿,存西北民族大学。

1978 年

1 月,任江西赣州作家协会副主席,任期至 1979 年 12 月。

是年,回到中国作协,后经樊大畏先生介绍秋至兰州,在甘肃师范大学(现西北师范大学)任学报副主编。

1979 年

给郑敏先生写信,约九叶诸诗人(时穆旦先生已去世)在北京曹辛之先生家见面,商议编选诗选集及定诗集名等事宜,年底事成如愿。

11 月,在《诗刊》1979 年第 11 期发表《悲哀——缅怀诗人何其芳》,标志着诗人的复出。

12 月,在《北京文艺》1979 年 12 期发表悼念张志新的《十四行诗(二首)》。

1980 年

写作或发表《烟囱(外一首)》《草原(十四行·外二首)》《牧归》等诗作。

1981 年

到西北民族学院(现西北民族大学)汉语系任教,代系主任。兼任中国当代文学研究会甘肃分会副会长。

7 月,江苏人民出版社出版《九叶集》。

是年,发表《火箭发射场抒情》《西北十四行诗组》《北京组诗(一)》《希望》《红柳》《猎手(外一首)》《戈壁滩》《天山情歌》等诗作。

是年,发表《新诗的希望》于《社会科学》1981 年第 3 期。

是年,与王沂暖、魏泉鸣、李伏虎、毛岸波等汉语系同仁尝试恢复出版《中国新诗》,出第一期(内刊)后因经费等原因停办。筹划"全国当代诗歌学术讨论会——一九八一敦煌诗会"未成。

1982 年

发表《塞上月光曲》《满妹子》《玉门晨歌》《葡萄(外一首)》《边塞的献诗》《敦煌组诗》等诗作。

发表《〈茅盾抗战时期在兰州的文艺报告〉前言》《在诗探索的道路上——寄给 H.S. 诗简之一》《关于叙事诗》《论邵燕祥诗歌创作》等论文。

1983 年

发表《雪花》《幼儿园》《窗口》《空中一瞥》《给萨仁高娃的抒情诗》《烽火台》《登长城》《北京组诗(二)》《石榴》等诗作。

1984 年

美国《秋水》杂志社与三联书店香港分店合作出版《八叶集》,主编木令耆。

写作或发表《西部草原(组诗)》《草原女人的手》《星海》《草原沸腾了》《初雪的黎明》《驼队向西》《赠 H. 劳伦斯》《沙漠》《白杨树林》等诗作。

发表《论中国新诗的发展及其传统》《西部诗歌的开拓精神——评新疆三诗人》《李大钊诗歌泛论——纪念李大钊同志诞辰九十五周年》等论文。

1985 年

3 月 22 日,深夜改定《北大荒短笛》之《永不消逝的歌》。

是年,发表《西北十四行诗二首》《永不消逝的歌》《羊皮筏子》《黄河落日》《江南短章(四首)》《葛根图娅说》《黄昏悄悄走近》《我的马头琴》《野外考察》《盐湖》等诗作。

是年,发表《兰州诗简——答〈星星〉编者问》等文章。

1986 年

10 月 7 日,西北民族学院党委发文,彻底为唐祈平反。

是年,发表《离别》《寒山寺钟声》《山村曙色》《戈壁》《民歌》《草原上的城砦》等诗作。

1987年

聘为副教授,编《唐祈诗选》。

发表《伊犁组诗》《向日葵》《女性草原》《草原的雨》《藏族少女的呼唤》等诗作。

发表《〈尚书·盘庚〉翻译》《现代派杰出的诗人穆旦——纪念诗人逝世十周年》等文章。

1988年

5月,主编的《中华民族风俗辞典》由江西教育出版社出版。

是年,主编的《中国现代新诗选(1917—1949)》由西北民族学院汉语系印行。

是年,发表《晚餐》《雪橇飞驰》《荒岛》《西北十四行组诗》《舞蹈的莎黛特》《解冻》《寂寞》《四月》《赛里木湖的夜晚》《抒情十四行(二首)》等诗作。

1989年

发表《一九八九:四月诗抄》《草原幻象》等诗作。

发表《诗的回忆与断想——我与外国文学散记》等文章。

晋升教授,同年离休,享受司局级干部的政治、生活待遇。

1990年

1月20日,病逝于兰州医学院附属二院(现兰州大学附属二院)。

7月,《唐祈诗选》由人民文学出版社出版。

9月,主编的《中华民族传统节日辞典》由四川辞书出版社出版。

12月,主编的《中国新诗名篇鉴赏辞典》由四川辞书出版社出版。

编　后

　　九叶诗人唐祈先生晚年在西北民族学院（现西北民族大学）执教，诗心有如"充满生机的树根/深深扎进高原的沙土里"。我曾聆听过他的讲座、他的诗教，当年诗人西装革履、清癯如鹤的姿势在我的记忆中——"是我心中升起的曙光"。先生是我惟一的一位近距离接触过的写进现代文学史的诗人，而今，已仙化为一首诗，一个传说。

　　萌生搜集出版先生诗歌的念头是在十年前的高校评估时段，我为要找到一本《唐祈诗选》（人民文学出版社，1990年版）费尽周折而无果，更遑论《诗第一册》（星群出版社，1948年版），使我温暖的是郭郁烈、第环宁教授的赞同。十年转眼，我已年过半百，但二十世纪八十年代的诗歌热情和文学信仰仍在我的血液中潜流，也凭此终得以成，细想起来也算是了却一个"文学老年"的心愿。

　　对视诗歌为生命的唐祈来说，诗没有完成时，只有在完成的路上，他对每一首诗，每一个句子、每一个词都反反复复地敲敲打打，甚至有些诗、有些意象的修改长达三十年之久。由此，同一首诗就有了不同的版本，浸透着不同时代的痕迹，而学者往往忽略了这一点，用1980年代修改过的1940年代的诗的版本来探讨唐祈1940年代的诗歌技艺和思想（主要以《唐祈诗选》为底本），这自然有些欠缺了。也因为此，在收集唐祈诗时，进行了不同版本的汇校，具体以《时间与旗》来说，就有初刊本(《中国新诗》1948年第2期)、初版本(《九叶集》1981年7月，江苏人民出版社)、再版本(《唐祈诗选》1990年7月，人民文学出版社)，而后两个版本均有修改。再以《蒙海》来说，前后有4个版本，最初《蒙海》发表在兰州的《现代评坛》上，后来又刊于《文艺复兴》，这两个版本的变化之大，甚至可以看作是同题诗了，类似的还有《草原幻象》，以此为题的两首诗，分别发表在1988年7月的《星星》和1989年9月的《人民文学》上，前一首的最后两行是"黄昏，一个微笑失落在草丛/牧女孤单得像一只蜜蜂"，后一首的最后两行是"黄昏，一个微笑失落在草上/消失了草原的幻象"。而诗人在此诗发表不到4个月去世，这两行诗也确实就成了谶语。

谈到汇校自然就有个版本问题，我遵循的基本原则是：凡收录在《诗第一册》中的诗，就以其为底本照录，对之以其他版本，修改处以注释的形式说明，即"修改处原为……"1949年以后写的诗则以初刊本为底本，对修改处以注释的形式说明，即"修改处为……"要说明的是考虑到1940年代是诗人创作的高峰期，但诗人的有些诗发表在西北的一些小的期刊报纸上，而这些小报也确实找不到了，因此肯定还有些诗未能收录，"全编"就只是个说辞，但这也确实是没法子的事。

唐祈在盛澄华先生的启示下，对十四行诗情有独钟，他对十四行诗的中国化，可谓是倾心尽力。所以由先生本人选编的《唐祈诗选》将十四行诗单列一编，我们这里也仿效之。

要感谢的是：在搜集整理过程中吴思敬老师不吝赐教、并为之序,曹顺庆老师对我在川大进修期间的关照,学界前辈张明廉、毛岸波、程金城、彭金山诸位老师的鼓励,王扎西、特木尔巴根以及人事处诸领导的关心,雒亮亮、于晓蕾、张杰、韩爱强、叶娟娟、冉驰、罗会毅、王佳、赵敏、张曦萍等同学的帮助,还有杨威、张向东、李冬梅、张雨、陈烁等同事,特别要感谢的是责编王晓同志,他的耐心、责任心和学术水平令人敬佩。

甘肃省图书馆、甘肃省档案馆、四川大学图书馆、西北民族大学人事处档案室提供了查阅资料的方便。

甘肃省高校人文社科重点研究基地·西北民族大学西北少数民族文学研究中心资助了本书的出版。

再次表示感谢!以诗歌的名义!

张天佑
2016 年 10 月 6 日